天星诗库·新世纪实力诗人代表作

马累 著

内部的雪

马累诗集

山西出版传媒集团　北岳文艺出版社
BEIYUE LITERATURE & ART PUBLISHING HOUSE

·太原·

图书在版编目(CIP)数据

内部的雪：马累诗集 / 马累著. — 太原：北岳文艺出版社, 2019.12
（天星诗库·新世纪实力诗人代表作）
ISBN 978-7-5378-6055-0

Ⅰ.①内… Ⅱ.①马… Ⅲ.①诗集—中国—当代 Ⅳ.①I227

中国版本图书馆 CIP 数据核字（2019）第 252740 号

内部的雪——马累诗集
马累◎著

出品人
续小强

选题策划
续小强

责任编辑
左树涛

书籍设计
张永文

印装监制
郭　勇

出版发行：山西出版传媒集团·北岳文艺出版社
地址：山西省太原市并州南路 57 号　邮编：030012
电话：0351-5628696（发行部）　0351-5628688（总编室）
传真：0351-5628680
网址：http://www.bywy.com　E-mail: bywycbs@163.com
经销商：新华书店　　印刷装订：山西人民印刷有限责任公司
开本：787mm×1092mm　1/32
字数：177 千字
印张：7.75
版次：2019 年 12 月第 1 版
印次：2019 年 12 月山西第 1 次印刷
书号：ISBN 978-7-5378-6055-0
定价：38.80 元

本书版权为本社独家所有，未经本社同意不得转载、摘编或复制

性本善之子马累

杨键

中国很少有诗人是站在性本善这个永恒的立场上来写作的,诗人大抵想怎么写就怎么写,很少有永恒的立场。此处的性本善非善恶对立的善,而是法尔如是,本来如此,超越善恶的善,即,无论世间怎样风云变幻,而人性本善。岳麓书院进大门处有"学达性天"四字,这个性永恒不变,乃重中之重,大而无外,小而无内。世间已经陷入了沉重的善恶对立,而不是在超越善恶的性本善里。是靠善恶还是靠性本善来改变世界?这真的是一个问题。我们的源头在这性本善里,而不是在那非白即黑、非善即恶的二元对立里。性本善是世间的最高道德与最高之诗。没有这种性本善的最高道德与最高之诗,最深重的道德危机、最深重的物化危机,就会来临。事实是这样的,在今天,相害已经是常态,我们已经长久地离开了相生,而在无尽的相害里。救渡者不在天边,就是性本善。一切皆来源于此,安住其中,相称于此,我们就重回了相生,并育而不相害。

世间是无常的,石火电光,而人性本善,不生不灭。

诗歌如果没有永恒的立场,诗歌就仅仅只是语言,有什么意义呢?

你不能在永恒里,你就只能在苦海无边的生灭的对立里。智者说,你这是自己跟自己开玩笑。我们的文明正是因为站在性本善的立场,才绵延不绝。文明是否可以再造,重来?今天,我们必须重返这性本善,我们的存在,我们在语言上的兴起才可能与此文明相应。这样的性本善的诗人,这样的温暖之流,古今中外皆有,在当代,则愈显零落。马累就是致力于此的一位诗人。

马累的诗经常写到罪,这在同时代的诗人当中是一个十分醒目的标志。新文化运动以降,直到今天,负面的东西纷纷浮出水面,超过以往任何一个时代,为什么会是这样?其实我是相当同意马累一首诗里的认识的。

> 在所有的词中,我只强调
> 一个:罪。

马累另一首诗的开头即是:

> 我是有罪的。当我重复说出这句话,
> 我感到,我就是一段不可救药的时光。

为什么有罪?是因为性本善被遮蔽了吗?是因为最粗鄙的善与恶的对立已经来临了吗?是因为没有交代的亡灵太多了吗?是亡灵没有交代而出现了生者与死者皆如亡灵吗?马累的诗里还有这样的句子:

在乡下，多少深埋地下的
亡灵在静静地注视！

我看见一两个幽灵般的乡亲，
转过村头的土坡，
捡拾着遍地的枯枝——

1959年12月，被特赦的溥仪，出现在新落成的北京站，弟妹们上来喊一声"大哥"，溥仪顿时双眼模糊。在回到七叔载涛家吃菜团子的时候，他老是说："我有罪，我是罪过很大的人。"那个时代像溥仪这样说自己有罪的人非常多，罪过不能澄清。无论是世间还是我们个体的生命都很难进入一个正常的轨道，生命始终困在这里，很难进入下一个环节。当生命无法进入下一个环节的时候，生命就是被遮蔽的。它自然而然就进入了阿伦特所说的平庸之恶。

如今，我是一个背弃了
父兄沧桑渴裂的脸庞和祖先坟茔的人。
当我们糟蹋这个尘世的道德与安静，
当我们泯灭了感恩与同情，
当我们感知不到罪愆，
那些死去的人，
他们在褪色的油漆中看着我。

山东本是我们儒家的内圣外王精神的发端地，我们在马累的诗里可以看到，这一重要品质也早已荡然无存了。内省精神的缺失，使得我们从一个向内的民族变成向外的民族，从万法唯心的民族变成万法唯物的民族。马累诗里的关键词也是这个时代的关键词，比如罪，干净，缓慢。我注意到，在马累的诗中，他反复写他热爱的鲁中平原，反复写他生活过的温良的故土，反复写黄昏，用的语调也是那种反复地感恩，反复地惭愧，反复地忏罪的语调。这种不断的反复是因为我们离开了本来；这种反复也使他获得了一种忠实性，一种与事物之间微妙而牢靠的关系，一种天地之间如沐春风的感恩之情。在一天的落日里，在一个文明的尾声里，甚或是在一个文明的片断里，诗人轻声细语，目光笃定而虔诚，他通过这种反复，希望生命可以醒悟，然后同周遭连为一体。马累要做的就是这种忠实于日常的专注描写。因为日常正在消失，日常本是人的靠山，在马累的每一首诗里都是日常的低处的生活之甜，同时也是缓慢而醇厚的精神之甜。他反复地写鲁中平原，通过这种反复进入了鲁中平原的孝子行列。对于他而言，反复太重要，没有反复就不可能有专注，没有专注也就不可能有智慧开启的可能。反复是马累的一个非常重要的诗歌手法。就像他这些年在写的《黄河记》，已经写了八百余首，同一个主题，就是写这一条河，反复去写，反复同它建立一个人与水的、人与历史的、人与苦难的、人与精神的种种关系。在马累的诗里，故乡还在，劳动还在，温良还在，只是都在弥留期了，虽然在弥留期，但也在一个相当严密安然的精神氛围里。他的诗是温和的，像雅姆的诗，又有点像米勒的小说，像伦勃朗的画，昏暗中带有落日的余晖，寒凉而又带着温暖，但更多的他是荷尔德林式的歌者。他是自然与泥土的信徒，是人类心中永恒的性本善的信徒。他很少写到恶,也几乎没有什么历史的重负。他的诗只关心真理,关心此刻,关心人的来处与归处。他写的是我们汉人的一个永恒的主题:清白的月光,清白地做人。在马累的诗里,他不下几十次地用到"温良"这个词。这其实是一个儒家的做人标准。除此之外,他的诗还包含着悲心。显然,马累的诗是有着儒家的济世与大乘的慈悲精神的。我们的时代是向前的、进化的,但马累写下了许多经典的后退的诗。他在那么早的时间里写下的这些经典的后退的诗,似乎注定了要被这个向前的进化的时代所遮蔽,因为遮蔽正是我们这个时代的主体。我在这里随意引用几首来说明。这几首诗在我看来都是我们这个时代不可多得的经典,希望它们不被遮蔽。

眷 恋

寒冷像流水加速着
大地的澄明。我的月亮
女神,她走下清白的山冈,
她悲悯我像悲悯的万物,
哦,多么干净,那是内心的镜子,
照见我热爱的人和尘世,
照见角落里缓慢的积雪:
我深深地弯下腰,
为了更近地听见大地的回声。

我知道秋天……

我知道秋天容纳我们,
就像大地容纳每一个人的善恶。
我看见夜空投到水中的影子,
当我在祖国的语言上行走,
我把落到水中的星星当作灵魂,
我把映现灵魂的地方叫作故乡。

我构想过许多美丽的猜测,
在这个世界,在大地上,
我写下了爱和承受着爱的
万物的安静。当夕阳西下的
时候,我就坐在心灵故乡的树下,
沐浴着秋风,看天边云彩
安详地从树间穿过,
我清心寡欲,永远活着,
做一个写下大地之诗的大地诗人。

秋天之诗

因为从前,当我还是
一个孩子的时候,我就

喜欢凝视那大地上的神，
深深夜空中的神，我能够
感到和他们在一起，和
那被眷佑的干净的力量。

因为我知道，一个人能够
献身他热爱的事物——
谁的内心没有凄苦的大地，
谁就不能阅尽大地的凄苦。
能寄托内心的，那岁月的长河，
说出了爱，就像说出了
神的抚摸。

因为我看见，十月的平原，
一层薄薄的晚幕，多么清净，
连亡灵都选择这样的地方坠落，
那些寂寞的浮尘，它们选择
安静的心灵，安静的生活。

　　这些诗不仅是好诗，而且通过这些诗我们才知道，什么样的诗人才是真正的好诗人。一、他能够深深地弯腰，也就是说，虔敬才是一个诗人的标准，没有虔敬就不可能有语言。二、他能把映现灵魂的地方叫作故乡。什么地方都不能称之为故乡，唯独可以映现灵魂的地方才可以叫作故乡。三、他能感受深深夜空中的神并与他们在一起，高于我们的与我们同在，没有这样的觉知我们就不会有精神生活。这三样标准是马累关于一个古典诗人的定义，也是一个永恒诗人的定义。缓慢，干净，后退，就是这类诗人的特点。这些在马累的诗里非常明显。他写的那些乡下，那些三叶草，那些黄昏、小麦、棉布衣裳，那些忠厚的牲口，那些如期而至的秋风，都是一些后退式的遗物般存在。他写下的这些，似乎只有黄昏和秋风还在，其他的都在变化。这些变化形成了诗人的声音。马累诗歌的声音是那种宁愿喑哑，也不愿被人听见的纯良之声，是那种老牛生生世世在田里劳作的声音，是石头在风里的声音。世间的变化会形成诗人的声音，这是一切伟大诗歌里最微妙的部分。在马累的诗里我们可以感受到，大地是他的神灵，他信赖大地，他的诗都是大地之歌。看着他那些只有爱，没有憎恨，只有故土，没有异乡的诗，所能感受到的只有温暖。他是朴实大地的颂扬者，他的信仰就是泥土。他希望世世代代都是这样，不要有变化，有变化就有痛苦，但大地的朴实能坚持多久？朴实不仅是我们过去文明里的精华，也是未来文明可以延续的保障。朴实在今天是我们在现代性的进程里丢失的最多的部分。

> 我唯一的神是大地之神，
> 他正遭受人类文明的扼杀。
> 我唯一的灵魂是热爱大地的灵魂，
> 多少年了，丢掉过那么多，
> 只有它，永驻我悲怅的心头。

诗人，照我看来，都是有誓言的人。诗，就是秘密的誓言，而他有此誓言的根柢是他坚信人性本善，没有这种信念是很难成为诗人的。显然，马累的诗歌是工业社会之前的一个性本善所呈现的醇厚的农业社会。他的诗不是在文明的废墟而是在人类的性本善的基础上发生兴起的。他不断地写鲁中平原与他的故土，这正是对现代化的恐惧。他是那种与现代文明无缘的诗人，他歌唱的是那种永恒的大地一般的东西。马累一再强调的罪的意识，就是要回归到性本善去。性本善的丰富的永恒性是对单一的短暂的现代性的反驳。是什么窒息了我们的性本善，而要让它被遮蔽着，得受了苦，它才能再次被发现？马累的诗歌其实是希望我们回归到一种令人心安的日常生活。在这种日常生活里，一切都是和谐一如的，一切都是性本善的果实。

马累是有誓言的诗人，这个誓言就是爱，我愿意在这里抄录他的一首小诗。这首小诗就是对此誓言的实践，这是一首感人至深的生命之诗。没有爱，没有爱的实践，没有对性本善的坚信，是不可能有这样的诗的。它如此朴实、如此简练、如此真纯，给我的生命带来了慰藉。这首诗叫《在人间》，这是一个十分古老的名字了，而这首诗是崭新的。

> 那应该是去年冬天的一个傍晚，
> 我和女儿来到乡下父母家，
> 我记得那个夜晚晴朗、寒冷，
> 虽然风雪吹断了村里的电线，
> 但借着满天的星斗，我们依然
> 能够看到村庄里透出的点点烛火。

我们就站在村北的土山上，
呼吸着清醇的空气，看着
黑暗里的村庄，直到
风吹麻了我们的脸颊。
那些微弱的光像从天上掉下来的
星星，更像是我们曾经思念的
一些人的眼睛，我们相互看着。
我对女儿说，那就是人间。

目　录

001　　五一桥
002　　稻草人
004　　乌鸦（一）
005　　北　方
006　　在人间
007　　入　冬
008　　我的灵魂
009　　有寄（一）
010　　鸦巢（一）
011　　安静（一）
012　　回　乡
013　　爱
014　　我的诗歌（一）
015　　我的诗歌（十）
016　　我的诗歌（十三）
018　　我的诗歌（十五）

019	我的诗歌（十八）
020	我的诗歌（二十一）
021	我的诗歌（二十三）
023	安静（二）
024	傍晚（一）
025	诗歌（一）
026	我的诗歌（二十六）
028	我的诗歌（二十七）
029	我的诗歌（二十九）
031	登鹳雀楼
032	无　题
033	寂静（一）
035	寂静的下午
036	我的诗歌（三十）
037	陪友人夏日黎明登黄河河心洲
039	雪（一）
040	寂静（二）
041	乡　愁
042	长　夜
044	我的诗歌（三十一）
045	我的诗歌（三十三）
046	清　晨
047	中　午
048	傍晚（二）

049　救　赎

050　暮晚（一）

052　孤　寂

053　热　爱

055　这个秋天

057　另一首自我的诗

058　昨夜的第二首诗

059　总在傍晚

060　乌鸦（二）

061　夕　阳

062　深夜（一）

063　我的诗歌（四十四）

064　我的诗歌（四十六）

065　我的诗歌（五十六）

066　秋　天

067　我的诗歌（六十）

068　孤　傲

069　乌鸦（三）

070　渡　桥

071　乌鸦（四）

072　颂　扬

073　深夜（二）

074　乌鸦之歌

075　腊　月

076　黄昏（一）
077　我的诗歌（六十六）
078　四　月
080　陈述（一）
081　丹　青
082　失败之诗
084　傍晚（三）
086　傍晚（四）
087　那一年
088　所　见
089　秋　风
090　认　知
091　傍晚（五）
092　爱　情
093　习　惯
094　陈述（二）
095　冬　至
097　冬　日
098　大堤上
099　深　冬
100　风接着吹
102　乌鸦（五）
103　水中沙
104　水面上

105	傍晚（六）
106	现在是傍晚
107	傍晚（七）
108	明　月
109	清明（一）
110	鸦巢（七）
112	此　刻
113	相　信
114	河边纪事
115	鸦巢（九）
117	黄昏（二）
118	傍晚（八）
119	有一天
121	秋天（一）
122	乌鸦（八）
123	抉　择
124	傍晚（九）
125	我的诗歌（七十）
126	暮晚（二）
127	秋风辞
129	我的诗歌（七十三）
130	三月纪事
131	乌鸦（十）
132	父　亲

133　三月（一）

135　我的诗歌（七十五）

136　河心洲

137　夜　行

138　夜幕降临

139　诗歌（二）

140　悟　道

141　乌鸦（十四）

142　大　雨

143　记　忆

144　傍晚（十）

145　深　秋

146　殇　秋

148　故乡一夜

150　下　午

151　愿　望

152　多年前的回信（一）

154　日记（一）

155　乌鸦（十六）

156　信　仰

157　日记（二）

159　纪事（一）

160　倾　听

162　我的诗歌（七十六）

163	我的诗歌（七十七）
164	我的诗歌（七十八）
165	我的诗歌（七十九）
166	傍晚（十一）
167	深 夜
168	清明（二）
169	不 惑
170	辜 负
171	乌鸦（二十一）
172	静 寂
173	多年前的回信（二）
175	秋天（二）
176	乌鸦（二十六）
177	在傍晚
178	叙述（一）
179	傍晚（十二）
180	在黄河大堤上
181	我的诗歌（八十一）
182	黄 昏
183	十二月
184	暮晚（三）
185	雪（二）
186	纪事（二）
187	夜 色

188　午　后

190　二月二

192　清明记事

193　月　光

195　叙述（二）

196　关于大海的诗

197　流　星

198　暮晚（四）

199　钴　蓝

200　星　光

201　傍晚（十三）

202　天　鹅

203　我的诗歌（八十七）

205　惊　蛰

206　三月（二）

207　献给沃尔科特（一）

208　献给沃尔科特（二）

209　在邹平拜谒梁漱溟墓

211　傍晚（十四）

212　在黄河边

213　安　静

214　微凉的钴蓝，或者内部的雪

五一桥

我对它的记忆仅仅来自童年
那时候,每天从桥上走过
或者趴在水泥栏杆上
看落日中的河床和宁静、认命的羊群
那时候,还有公社
我牵着弟弟的手快乐地迎接
每一个革命的白天
我甚至在栏杆上刻下了自己的名字
想和桥下的泥草一起不朽
但一切很快就消逝了
因为后来,即使是有水的时候
我再也没有趴在栏杆上
看自己的倒影和倒影中安详的世界
去年五一,我最后一次看见它
在村头的老槐树下,我看见
村里的哑巴结婚了
他牵着瘸腿的新娘从桥上走过
脸上挂满幸福的泪水

稻草人

有时候,想起祖母,
我就会想起童年
田野里孤独站立的稻草人。

依稀过去了很久,曙色
微明的鲁中平原,我
紧跟在祖母身后,
我们将夜风吹散的
稻草人放倒,
重新往它的身体里填上
麦秸、碎枝条,
重新用麻绳将它捆紧,
并重新让它站起来,
站在空旷的田野里。

当太阳升起来,露水
打湿的麦苗上总会出现
三个淡淡的影子,
紧紧攀附着大地,
不愿分离。

直到后来，田野里
再也见不到那些童年的挚友，
我再也见不到慈祥的祖母。
我仿佛告别了
一个时代。

乌鸦（一）

有一年冬天，在故乡
的堂屋前，我看见一只乌鸦，
像一只迅疾的黑箭，
穿过瑟瑟的桐枝。
我听见短促而决绝的鸦鸣
压过了桐枝断裂的声响。

有一次，在梦中流泪，
我不敢醒来。
我怕再也回不到童年，
我怕再也见不到
那只追踪人类秘密的乌鸦，
遗落在雪堆边的小尸体。

古中国的烈士之风啊，你引领我，
弱冠轻死的万物啊，你告诉我。

如今多少年过去了，
我耐心地生活，安静、感恩，
是否只为那不期而遇的一瞬间，
只为那回应我心灵的
最简单的一记回声。

北　方

假如有一天我出门远行，
我一定选择北方，
比北回归线还北的北方。

假如我经过一片土豆田，
我一定会停下来，
仔细地端详。

我看见土豆田开满淡蓝色的花，
像一群孩子，
在风中簌簌地低语。

在我的家乡，五月的时候，
成片的麦子开米粒一般大小的
白色的花、黄色的花。

但母亲扎的稻草人，
无论白天和黑夜，
都不开花。

在人间

那应该是去年冬天的一个傍晚,
我和女儿来到乡下父母家,
我记得那个夜晚晴朗、寒冷,
虽然风雪吹断了村里的电线,
但借着满天的星斗,我们依然
能够看到村庄里透出的点点烛火。
我们就站在村北的土山上,
呼吸着清醇的空气,看着
黑暗里的村庄,直到
风吹麻了我们的脸颊。
那些微弱的光像从天上掉下来的
星星,更像是我们曾经思念的
一些人的眼睛,我们相互看着。
我对女儿说,那就是人间。

入 冬

冬天临近，一种向内延伸的
寒冷笼罩着我。几天阴雨后，
太阳骤出。我伏窗台写信，
给乡下的父母。

昨天在街角边，看见
那两个拾荒的人，前些天
还为一个空酒瓶打架，
如今却紧靠在一块破油毡下，
抽捡来的烟，取暖。

写下几行字，停笔，
那空白的纸让我眩晕。
仿佛有一颗平铺的心在上面跳着。
窗下走过邻家失聪的小孩。
石榴树的叶子已经落光。

这一个个庸常尘世间的男女，
即使他们单薄、渺小、猥琐，
也是我要去爱的。
我就爱那些历史间黯淡的灵魂，
无尽的沉默。

我的灵魂

在我的灵魂里,我只是
遥远故乡的一棵麦子,
深深的内部有时光掀起的巨浪。

在我的灵魂里,我只是
遥远故乡河边的那棵老柳树。
如今,河里再没有清水了,
在后来人渐渐遗忘的倒影里,
我依然会折一只春天的柳哨,
吹一地万古愁。

我的灵魂有时是一束艾草,
有时是一个回不去的平原。

我期望有神的眷顾,
因为我铁着心在走。
因为我不知道
对故乡的屈服——
多少一眼是最后一眼?
多少孤行是一意孤行?

有寄(一)

那一次,站在十七楼的阳台,
我说,我终于看见你了。

关于宁静,关于我们丧失已久的勇气
和良知。我期望能找回来,
不单单在梦中。

院子里,那些纯真的儿童,
那些悲伤的儿童,
他们保持着自己的世界,
不需要同谋。

就像那天傍晚,我站在阳台,
看见夜空中永恒的星辰。
喧哗和沦丧不是我们最大的敌人,
心和风骨才是。

鸦巢（一）

我曾经爱过的东西
如今越来越少，就像某些词语
永远隐藏在少数人的字典里。
秘密，却不失光芒。

昨天傍晚散步回来，
看见桐枝间鸦巢
又高出了许多。
我还看见地上几根乌黑的羽毛。
也没什么好担心的，
乌鸦有乌鸦的世界
和世界观，
该懂得如何避免
人类不堪的生活。

天越来越暗，
夜色中的鸦巢也越来越高
有时，真理就那么简单：
乌鸦的快乐是寂静，
我的快乐是爱上寂静。

安静（一）

儿时，我曾固执地认为，
世界就是
母亲纳鞋底时，
锥子不小心扎在手上
而急速涌出的那一滴血。

我也曾把世界等同于
邻居铁匠炉中
淬红的火。

如今，像我这样曾将世界
等同于朗朗星空的人，
面对一千倍的喧嚣，
我想再次回到那一滴血中，
那一堆炉火中，
或者，那一片狭小的星空中。

因为我尚且纯净，
依然珍藏着大地的秘密，
并愿意接近安静。

回 乡

我依然能够依稀分辨出它之前的
轮廓。小时候,
我们在铺着青条石的天井里
玩耍。堂屋的木柱上刻着
手捧寿桃的老寿星,之后的岁月
我再没见过那么舒缓的线条。
正门上贴着秦琼,有时
是程咬金。我们少年时代的
英雄,并一直深居心底。
现在想起来,那阴暗的堂屋里
暗淡的中堂,条几上方
挂着祖先模糊的画像,
那威严的沉默一直贯穿着
我们这些年喧嚣的灵魂。
只是,我们
不敢承认,
大多数时候,我们害怕。
我们害怕在阳光下露出原形。

爱

我应该去爱
那个在雪地上撒小米的人,
我应该爱她
悲慈的心。

去年的一天,在火车上
我看见下铺那个风尘仆仆的人,
不时地拿出钱包,
盯着妻儿的照片静静地笑。

我当然应该去爱
那寂静夜色里孤苦无助的人。
那落寞乡村里
失去土地空留叹息的人。
那看不到未来
目光呆滞的人。

春风和秋雨并不是羞耻的源泉,
更多的时候,
爱才是,愚蠢的真理才是。

我的诗歌(一)

一直以来,我想写下的诗歌是这样的:
"一天早晨,格里高尔·萨姆沙从不安的睡梦中
醒来,发现自己躺在床上,变成了一只巨大的甲虫。"

或者,这样:
"许多年以后,面对行刑队的时候,
奥雷良诺·布恩迪亚上校一定会想起父亲
带他去看冰块儿的那个遥远的下午。"

而夕阳,总会带来更加无可救药的忧伤,
绝望而温柔的孤独
和忧伤。

我的诗歌（十）

当我写诗，把那些
古老而高傲的词语罗列
在一起，不是为了
相互抵消，而是塑造一个
有缺憾的世界，之后
用爱来弥补和回想，
类似于真理断裂后
逐渐愈合的过程。

什么才是最本质的？
是沦丧之后的期许，还是
水中望月？

我曾经不止一次地
设想未来漫长而庸碌的
人生岁月，我闻到
一个词语腐朽的味道
这多么亲切！

我的诗歌有些孩子气，
这对我而言是最重要的。

我的诗歌(十三)

梦里,有人塞给我
一把芦荻,
有故国萧瑟的气息。
而醒来,冥思、吐纳,
幻化一个天籁。
蝙蝠用超声波感知世界,
我用自我意识拆解当下,
当然,还有不屑。

"家山回首三千里,
目断山南无雁飞。"
沉默是自我认知逐渐
清晰的过程。
而安静,是诗歌的律法。

昨天在黄河口,看
浮桥上人来人往。
让我矛盾的是,我喜欢
他们无端的世俗生活,
也喜欢一个人在深夜里
写诗。

真理或许有,
或许没有。

我的诗歌(十五)

我总是在熟睡时梦见
康德的星空,浅睡时梦见
衰败的家园,而假寐时
梦见不堪的人类。

打发自己与虎谋皮的
人生是我正在做的。
人类正在退化,
正在洋洋自得地退回到
单一的生物意义。

"真理不是一种美德,
而是一种热情,
所以它永远不会宽大为怀。"
可怜的加缪,你为什么
这样说?

我并非一个注重形式感的人,
我的诗歌也不是。
我只是一个二元世界的人,
非黑即白,非爱即恨。
我的诗歌也是。

我的诗歌（十八）

一般是在深秋，荻花
大面积地返黄，野水柳的
叶子落到河里，像灵魂
漂浮在肉身的表面，
大片的盐碱滩到处回响着
冰冷的金属的声音
和一个时代腐烂腥甜的悠长气息。

一般是在傍晚，海面上
仿佛拥来千军万马。但战争
的格局总是以平庸来终结，
像那些我们饱食终日后
写下的诗歌。

一般是我，或你，想
使劲挣脱这世间的繁华。
一般是除了深思和仰望，
我别无所能。

我博弈，面对整个北方的寂静。

我的诗歌（二十一）

那天在黄河口的无名
木亭里坐到很晚。
风翻动着层层叠叠的
芦与荻，像翻动尘间的
喜悦与哀凉。
水柳叶纷纷落下，
在空气中像极小的船。
水与沙，在河道里
纠缠。我想，
这些事物之间肯定有着
奇异而隐秘的联系。
就像我，与这个世界
必然有着异常孤独地呼应。
反映到生活中，就是
长时间难以言说的凝重
与愧疚。
我楔入世界的方式
是笨拙的。我是说，
那天我坐在世界的对立面，
缄默，保持博弈，
如一首衰弱的诗歌。

我的诗歌(二十三)

远处,丛林间
传来落叶般轻轻落掉的
声音。我分辨不出
来自人类,还是兽类。
如果来自后者,
请不要以人类的方式
打扰它们。

时光的导流管
缄默无声。在这个
虚与委蛇、避重就轻的世界,
死亡也是这样,
真理到来之前也是。

我思考的是:人与世界
的完整性与连续性,
谁是谁的主导者?
有时候,我思考诗人的
焦虑与矫情。

傍晚,乌鸦穿林而过,

这些黑色的流星。
北中国特有的寂静，
我情有独钟。

安静（二）

首先，我认为我将要
说出的话足够真诚，
其次，我才会说出。

二十年前，我离开
故乡。父亲说，
别忘了，只要有
最后一口气在，就要
回来，给神龛里
供奉的祖先上一炷香。

我是说，我活着，
不仅仅为了保持
对现世的悲哀与满足，
有时，仅仅为了
安守一句未曾言明的
担忧与怀疑。
春风和秋雨也给不了的教诲，
我不能指望真理。

傍晚（一）

在临近傍晚的时光里，
真理总是像贪食的
乌鸦一样，
到来并聚集。

如同我想象词语的归宿。
我思考，写下。
其间存在无限的可能性，
或者，只有一种可能。

最好的词语总是沉默如石，
最好的时光凝重如流水。

诗歌(一)

昨天下午,河面上一丝风也没有,
巨大的阳光投射在水和沙的混合物中,
像一个不合时宜的人
硬邦邦地置身于一个
长满锯齿的黑洞般的时代。
有些事物的原理就是这样:
必须从反面才能揭开它的内质。

我写诗,并不会带来权利。
相反,它增加了
我对精神灵性、自有信仰
和自然心智
的无望。

我的诗歌（二十六）

这个冬天的黄河少了
肃杀之气，在暖阳下
略显安静。

挖沙的人逃走以后，
挖沙船就静止在岸边，
像一个人一生中的某段真相。

暮色啊，
暮色来临的时候，
乌鸦才开始一天中
真正的迷惘。
而不做作，是一个诗人
应该具有的最基本的美德。

暮色啊，
暮色中黄河水不紧不慢，
像儿时母亲拍打我
入睡时般气定神闲。

只有极少的时刻，

我才了无牵挂。
只有这样的时刻,
我才会迷惘于人类的禀性。

我的诗歌（二十七）

那天晚上六点，
年轻的加缪来到布拉格，
看见一缕紫铜色的阳光
照在古老城市的塔尖和圆顶上。
作为一个胆怯、懦弱的人，
他试图以更绝望的方式
找到一个故乡。
或者，找出人与人的对立面，
来结束他持久的焦虑，
并证明，那始终困扰他的黏糊糊的
存在与虚无：
他找到的前者是大街上
醋渍黄瓜的味道和侍者湿漉漉的微笑；
而后者，更多地指向
自我的囚徒和灵魂中的死亡。

我的诗歌（二十九）

有近二十年了，
我看着黄河在世俗的大风中
流淌，一次次回到
沉默与孤独的本身。
像那些令我们椎心的词语，
软弱、绵长，却不可摧毁。

灵魂是分等级的，
我虽谦卑，但并非自欺之人。
我眼里的星空，
依然是准则。
我在书信中倾心的，
依然是忠厚清修，
依然是"恩德广及草木昆虫"。

有近二十年了，
我想呈现的诗歌就像泡在
黄河里的石头。八月，
北中国的溽热让河水
渐渐浅下去，词语
才会静静露出来。

一直到现在,我还是那个
灵魂主义者和山水主义者。

登鹳雀楼

那天下午的情形是这样的:
伞盖般的松树下坐着
讲古的道人,他说
古,即人心。
台阶边的石柱上贴着
厚厚的寻人启事,
一层摞一层,
像这些年我虚度的时光,
在风中无聊的扇动,
但永远不会掉下来。
卖栗子的似睡非睡,
卖水果的又黑又瘦。
我从遥远的地方来到这里,
穿过几个朝代的喧嚣。
我登上楼顶,
看黄河,看天。
我想努力使自己平静下来。
因为我知道,
我根本配不上
头顶三尺以上
宏大的孤寂。

无 题

如今,让我着迷的事物是:
斑驳墙壁上的一缕夕光,
古石桥面上浓重的青苔,
那棵银杏树下散落的枯枝,
深夜路灯里飘扬的漫天大雪,
以及日渐苍茫的心。
对于这个长存的尘世,
这仿佛就是诗歌的尽头了。

寂静（一）

多少年，废弃的闸门上，
那一根生锈的铁链
兀自在时空中停留。
有时，它冲着河水轻笑，
有时它背向人类沉默。
有那么几次，我远远看见它，
像字典深处我隐藏起来的
几个词语。多少年，
羞耻的心让我几乎不再
读出它们。但就是虚妄的力量
让我对废弃的东西
产生深深的敬畏。
白昼和黑夜轮换消亡，
留给我们的间隙如此之小。
几乎没有闲谈的时间，
灵魂就转向了反面。
所以，相对于万物的
仁爱而言，人类总是
隐瞒自己的羞耻。
但就是陈旧而古老的本能
迫使我缄默。作为一个

负疚感极强的
沉默主义者，或许
我真的不应该原谅
这个时代。

寂静的下午

昨天下午,在黄河边
一个废弃的船闸旁久坐,
观察一个秋天消逝的过程。
风吹,眼里泛泪。
那孤独的铁闸上落下
细细的,早已被时光锈透
的铁粉。我知道
那其中演变的力量,
迥异于这个时代的蜕化。
后一种让我天生排斥
而前一种,始终
让我心生敬畏

我的诗歌(三十)

与那些缓慢的河水相比,
我缺乏的是自我审视。
与无尽的词语相比,
我缺乏的是日渐衰老的勇气。
当一支烟燃尽前程,
当一条船即将沉没,
我却笃信某种命定的规律:
在一个可疑的时代,
唯有消逝才能剥离出
诗歌的真相。

陪友人夏日黎明登黄河河心洲

黎明时分,我们登上河心洲。
这是夏日,天亮得那么早。
一只乌鸦嘶哑地叫着
从树顶掠过,宛若真理莅临的
短梦,还未来得及回味,
一切都远逝了。而人生
大抵如此。大部分时间
我拥有两倍以上的孤独,
却守不住二分之一的寂静。
去年此刻我来时,河心洲的
面积没有现在这般大。
时光淤积了那么多的泥沙,
让我猜。但我总是
猜到命运上:
局促的生活让我的诗歌隐晦,
却让这条大河明亮无比。
我来到这里,是想
交出内心。当我还是一个
孩子时,在命运尚未进入
我的梦境的岁月,
我什么也不怕。

但现在我怕了。
我的痛苦逃不脱这条大河的痛苦，
我的痛苦只是这条大河的痛苦的回声。

雪(一)

雪落在浑黄的河面上,
仿佛目光消失在深林里。
这无限落寞的一刻,
鸦鸣碎在地上,
真理的温度慢慢降低。
也许,这些更能
让我看清自己和这浮世
相互关联的关系。
这些年,我一直在黄河边,
无望而坚定,不曾
离开过。颓废的
星光反射着我的孤傲。

寂静（二）

月亮冷冷地睥睨着
这浮世，傲慢而刻薄。
星光不计前嫌，
仍秘密地授予我孤傲。
河面上，怀疑与
否定的渡桥坍塌已久，
但痕迹仍在。
大部分诗歌正是通过它
而达到不朽。
所以我热爱那些
无以言明的蛛丝马迹。
我期望后半夜
那场欲落的新雪，
它总能掩盖一些东西，
并凸现另外一些事物。

乡　愁

长久以来,我最珍贵的
愿望是灵魂的安静。
世事在我身上留下的痕迹
越深,那种愿望
就越强烈。

众人沉沦于语法与技术上的
乡愁。
我沉沦于清晨草叶上
露水的悲伤,
为了保护乡愁的洁净与孤傲。

长 夜

多年前的一个长夜,月光
滋生出那么多露水,
把我的鞋子全都打湿了。
风穿过河心洲上茂密的树林,
像一群流星穿过恒星的卦阵。
那最后散尽的光如真理般
奢侈,也让我嫉妒。
我踩倒的野草倏忽间
又直立起来,夹杂着土块
被踩碎的细微声响。
那是谷雨后的第七个夜晚,
我去看黄河里洄游的刀鱼。
手电筒耿直的光柱打在水面上,
永远都那么浑浊。
我只能看到河面仿佛
被万千把刀剑劈开,瞬间又融合。
它们一团一团地从光柱下
游远。这些真理的邮差,
愚直的烈士,敏捷如火焰的
最顶端,让我长时间
屏住呼吸,深陷于词语背后

深隐的惊悸。
有许多东西,你只能从深夜里
得到它全部的肃穆与孤傲。
比方说,当它们再次回来,
将是白霜遍地的秋天。
它会将万物的葬礼带回大海,
和暴雪的源头。

我的诗歌(三十一)

我始终怀念
一个深秋的下午,
在入海口,黄河水
出现少有的安宁。
那自由博大的水面,
让我突然意识到为什么
那么多人纠结于
本我、自我与超我的区别。
就像水面浑黄,以小波浪的形式
前涌,它们知道自己
要通向的幸福,
而我尚不自知。

我爱这尘世,
也爱真理。
不同的尺度决定了
我诗歌的高度。

我的诗歌（三十三）

悲悯不是用来呈现的，
敬畏只能永存心底。
比方说，那些散落在黄河两岸
的村庄与墓园，
在一年年的大水中，
总是离河近的那些房子先被冲塌，
离河远的那些，
后来刮大风的时候，
也坍塌了。
真理从不提示，只是
点到为止。
再比方说，我在自己的
诗歌里沉沦，像一个
木偶深爱着阴影里牵线的人。
这世间有那么多怨愤凉薄，
我只记取深远的平静。

清　晨

晨起，读史，
想努力平复自深夜辗转
而来的悲哀。
客厅里，妻子在看电视。
两立方米的喧嚣，
填满一个国家急促的胃。
窗外渐嘈杂，有儿童
在花园里捡拾落花。
昨日阳暖，今天却欲雪。
放下史书，我想写一首
执拗如孩童般的诗。
我在诗中
凝目殇春，闭眼殇国。

中 午

午间浅梦。
我亦看见自己的稚相,
在一场源自故乡的
雪中,或匍匐,
或伫立。
但我梦见的明明是春天,
燕子清晰,已落
檐下。
醒来,恍惚,
桌间的茶水已凉。
我深知自己并不具备相反的能力,
在真理的表面
凌步微波。
我只是深信文心可雕龙,
不去伤神又一个
中午消逝时的恐惧。

傍晚（二）

向晚，烟霞与阴霾
交织，像一大匹祖传的
绸缎，已看不清
当初的底色。
小区陈旧而落寞，三三
两两的人或低语，
或散开。一个孩子用粉笔
在墙上画枪。
我停下，在离他十米远
的地方，画咳嗽。
小孩不知道，明天
是否会有一只蜗牛爬到
扳机中央。我也
不清楚，这个溃疡的时代
还能坚持多久？
我只是猜测，一只蜗牛
带来的快乐能否
抵消一代人剧烈咳嗽后的孤寂。

救 赎

五月,枯水期的
黄河略显平静。站在
大堤上远望,它像一本
沉默的、缓缓铺开的
人世的账本。
你可以计提春秋与月光,
也可以摊薄真理与良知。
但无论怎样算计,
总是欠下得太多。

多年以前
我就将自己的心
抵押在这里,从未
想过赎回。

暮晚(一)

暮晚,黄河大桥上
乞讨的女人目光黯淡下来,
并终于有时间看一眼
身边昏昏欲睡的孩子。
来来往往的行人与车辆
相互缠绕,汇成
一股浓烟,像一条笨拙的旱蛇
攀着桥面,弯曲着
爬过人世。霞光映着河水,
反射成另外一种光怪陆离的
颜色,类似于工厂的暗角
排出的泡沫。
人世多么丰富,如一本教科书
包罗万象。但不包括
乌云背后的月亮。还要多久,
它才能透过云缝,
洒下细碎的微光,如
挖沙人的头皮屑,无声地
落到水面上。
我要分辨的事物还有那么多,
比如:大地上,人如蝼蚁,

佛祖看人下菜。死亡催促着
变换的队形,如春风
流逝。那惊人的速度。

孤　寂

我承认，我对当下的理解
从未清爽、完整过。
我还承认，就是悲哀的
羞耻心助长了长久以来的浑噩。

总是鹅毛般的叹息杀死
利刃般的月光。
也总是，虚妄的内窥镜里
看见怯懦的真理。

我站在黄河边，
长城般蜿蜒的大堤，这陡峭的
河水与生命！我再一次
畏惧于遍地的孤寂。

热　爱

气温迅速地回升，如小儿
发烧时的体温。河道中
冰凌不可遏制地融化。
我坐在大堤上，感受一个
古老季节的痛苦
被如此轻盈地释放。
这物理的、几乎不可逆的递进，
如一首诗，刚刚被完成，
便沉溺于不可知的苍茫。

我曾在多少个相同的春日，
构思过真理嬗变的过程。
它起初总像冬天绷紧的漫天大雪，
覆盖炽烈的少年
和火红的青春。
它使我的思想越来越粗糙，
骨骼越来越坚硬。
形同河道中的芦苇，
总是隐藏在水下的看不见的
部分支撑着整个世界。

这就是我想说的秘密:
一年一度的流逝。在气温中
不断腐烂的,也在内心
缓慢地聚集。几代人的信仰,
才能引领一群流星?
高天上垂下来看不见的
微光,连接着我们身上
最痛苦的部分。

这个秋天

这个秋天,乌鸦的
叫声比以往聒噪,
像时光中抛过来的
那块老咸菜,
更像人类热衷的无聊
以及对无聊的意犹未尽。

这个秋天,没有人知道
我仰望天空,
只是向那弥漫之中
的灵魂致敬。
多少年过去了,唯有
人性的迷雾让我痴迷。
唯有天空中蕴含的
神秘力量让我
一意孤行。

这个秋天,破败的
鸦巢更像故乡,
让我来不及回忆。
我和这个时代的矛盾在于:

我认为正确、好的东西
都在慢慢地消失。

这个秋天,我依然
喜爱乌鸦
和关于乌鸦的隐喻。
我依然喜欢
看蒲松龄,看鲁迅,
看七侠与五义。

另一首自我的诗

我知道沉默的意义,
不是指我能从中感受到
生活荒谬、悲凉的一面,
而是我目睹了一个
过度喧嚣的时代,
我记录它,并忠实于它的反面。

昨天,我的词语平原上
奔跑着一匹赤兔胭脂马。
今天,我的血管之火中
煅打着一把青龙偃月刀。
我的诗歌,只表现
最本真的忠与义,
以及迟迟不能归来的安静。

昨夜的第二首诗

昨夜,再读鲁迅,
我发现他也有
自己软弱的一面。
但那不同于所有人的软弱,
我是说,大多数时候,
他与他们是不同的。
就像我执拗地喜欢
黄昏树梢间孤零零的鸦巢。
就像,我相信
时光不会豁免众人,
更不会豁免另一个无辜的人。
昨夜,想起故乡和亲人,
想起他们愚昧般固执地坚守,
使我对现实的荒谬长存恻隐之心。
我相信定数,也服从
内心的孤傲。

总在傍晚

总在傍晚,孩子的啼哭声
清新无比,像四月末,那些
从大海洄游黄河的刀鱼,
孤凉的道路,在哭声中蔓延。

总在傍晚,得以长观万物。
村头寺庙那灰烬般的兽脊
在夜色中无畏地拱起,
如真理般干净、利索。
瓦缝间又长出了新的藤条。
不久以后,它将缠绕这人世,
这无数低抑的、蔓延不断的生命。

总在傍晚,诗歌退无可退,
像一个绝症病人痴呆呆的目光。
人类什么时候能普遍地
具有祖母般的心就好了。
这个世界就不需要诗歌了。

乌鸦（二）

半空中传来乌鸦
急促的叫声。我抬头，
看见它扑啦啦地飞走。
树枝上不知名的野果子，
一半在阳光下亮着，
一半隐藏在暗处，
像我无限苛求的某个词语。

树下突然而起的小旋风，
把一个破塑料袋吹起来。
它在河道上空不停地翻滚，
最终落在水面上，
随着流水慢慢地漂远。
仿佛我曾经经历过的一段人生。

我一直生活在
不同事物的纠结中。
这人世的消沉我无能为力。

夕 阳

夕光像个告密者,我因此
知道了真理更多的秘密。

所有钟情于暮色的人,
必定心生坦荡,如长久的流水。

因为具体的差异,万物长存于世。
但不包括那些阴鸷乖戾之徒。

黄河的旋涡是另一个抽象的夕阳。
从上游到下游,几千里的生老病死。

每年冬天,漫长的冰凌
就是对人世的判决。

深夜（一）

有时候，在深夜
我读陶渊明，继而读杜甫，
一杯咖啡之后，
再读鲁迅。
我想他们之间肯定
存在某种必然的联系。
像一根线，穿起故国的心、
牺牲者的灵魂
和形而上的死不瞑目。
有时候，就是在深夜，
我相信，真知
只服从于内心，
而深邃源自骄傲的星光。

我的诗歌(四十四)

风吹过凌乱的树枝,
总会在正午的大地上留下
不规则的让人黯然神伤的
影子。像乌鸦的翅膀,
也像傍晚飘忽不定的河面。

总有一些冰冷的事物
在它的内部深藏着火焰。
总有一些梦像牢笼般
赖着灵魂。
总有一些骨头的内部
深藏着孤傲。

总有一些真理游离于
逻辑之外,不被我们辨识。
总有一些风,自陌生
而深邃的暗处吹来,
为了让我们狂热的心醒来。

我的诗歌（四十六）

我曾试着去爱一切可能的
事物，甚至事物的反面。
大多数时候，我喜欢
独自在阳台上抽烟，品尝
中年的夕阳。

对我诗歌中经常出现的
真理和罪愆，我不想解释。
它们引领我，避开
一个时代的喧嚣。
我同时喜欢一个人
来到黄河边，看
日月经天、流水远去，
留给自己一个非情绪化的背影。

直到灵魂，因为事物的松弛
得到它想要的寂静。

我的诗歌（五十六）

昨夜入梦，看见
湛青色的蜗牛
爬过儿时土夯的院墙，
留下一道长长的白色黏液。
这些年，我正是沿着
它的轨迹抵近虚无。

今天下午在黄河边，
我依次看到的是：
灵魂的水面，肉体的
黄沙，后工业时代的压抑，
孤独的乡村爱情
和时光的漫漶
与无可挽回。

遗忘是一种经世的能力。
它想表达的是：
明天傍晚，金条般的霞光
依然会托现众人的脸庞。
大地上，提着篮子
祭奠亲人的人，依然是
许久不愿离去。

秋 天

终于可以更理智地看待
自我的痛苦了。因为
看见了这个时代的痛苦。
在这个秋天,午后短暂的风暴里。

这个时代的人有着共同的
禀性,庸俗而漠然。
这个时代的诗人有着共同的
禀性,倾心于偷窥
和纸上的王冠,忽略了
生活的耻辱。

在秋天,凝重总是晨露般
到来,经久不息。
敏锐总是晨光般转瞬即逝。

我的诗歌（六十）

在我的家乡，
老人们去世的时候，
晚辈们会扎很多金元宝、
银元宝，铺在向西的
路上。戏班子
长时间地吹奏《欢喜歌》。
起灵一般在黄昏时分，
西天上落霞稀疏、
斑驳，如同他们生前
喝过的茶水。

我们并不缺乏肉体的忧伤，
我们缺乏的是那种
来自灵魂深处的凝重与缄默。
我们的诗歌并不缺乏技巧，
欠缺的永远是
对真实生活痛苦的反刍。

孤　傲

整个上午，我努力
保持不动。像祖母贴在老屋
东墙上的剪纸。一层
又一层。四十九公里
之外，黄河正
穿过私人的浓雾。

阻止它发出声音的，
是万籁俱寂的命运。
阻止我望远的，
是现实的瞌睡。
一本永远也读不完的书，
其实合上才是真理。

整个秋天，
我们一起用来生病。
用整个时代都抛弃的孤傲。

乌鸦（三）

傍晚，站在黄河大桥上，
我看不到无限，
看到的只是被无限笼罩的部分。

而人类的品性，要在
夕阳里煎熬多久，才能
沉淀下本初的核？

这么多年了，仍然
有些事情我真的不懂。
比如明日黄花般的前言，
明日天涯般的后语。
真理沛然如流水，为什么
只倾向于沉默？

但这并不妨碍我
像一棵被雷电击过的断树，
枯死的根死死地抓着大地。
也不妨碍我成为一只
晚风中痛苦的乌鸦，
沉溺于内在精神神秘的秩序。

渡 桥

我在废弃的渡桥上失神。
有十几年了,
它像一首过时的诗,被抛在这里。

与它对应的只有浑浊的黄河水。
与它对应的,只有这些年
我狼狈不堪的生活。

夕光送来真理的同时,
也丰富了乌鸦的内心。

时势不可阻挡。
但我们的诗,应该缓一缓了。

乌鸦(四)

乌鸦三三两两地飞回来。
紧接着是暮色。
我向远处望去,看到的
场景就是:
一大块黯淡的幕布上,
点缀着不规则的浓黑的点。
像传说中难得一见的
真理的密码。

会的,一定会的。
当你伫立在天荒地野中,
一条大河像一条暗黄的绸带,
维系着星光与大地无限脆弱的关系。
你一定会接收到来自秘密
深处的信息。
关于正确的生活,关于
世界的节律
和悲伤的自我认知。

颂　扬

我们活着。我喜欢活在
往事中。去年秋天的一个
傍晚，我曾经躺在
河心洲的草地上，思考
另一种有可能被写出的诗歌。
生硬，但直接，
如同河面上那些短暂的
易逝的旋涡。

我欣慰的是，
那一颗坠落到黄河里的流星，
历经了那么多光年而来，
为了在简单的真理中淹没
过犹不及的光芒。

几乎就要抵达了，
那群洄游入海的刀鱼。
它们庞大的家族知行合一，
不虚伪、不做作、不虚与委蛇。
夕阳的光线从它们的皮肤上
一闪而过，
我得到的秘密已经够多。

深夜(二)

每次读书至深夜,仰对
星空闭目。眼前总是幻化
一个明亮的童年。

依然有时间来审视自己
漫长的过往。在月光下,
直到把一切都想清楚。

悲哀是我与乌鸦的分界线。
秋天用来愤怒。
那些书页间的潜行者,
造就了星光的质地。

那些倔强的灵魂,保持着
有限的清晰度。提示我
穿透这孤凉的人世,
接受它的刻薄与屈辱。

一个人的孤寂我一无所知。
人类整体的孤寂我却知根知底。
一念之善,一念之恶。
深深的内心不再为外界扰动。

乌鸦之歌

从我懂事起,我就
爱上了北方和黄河。
有很多时辰,河边的乌鸦
给了我许多奇异的慰藉。
这关系到我作为人的原貌
该如何向这个
倒错的时代呈现。

当我深陷自我的泥潭,
试图以不在场的方式来搪塞。
是乌鸦,让我警醒,并提示
说谎的罪恶感并不
仅仅在于真理,它同时指向
词语的真相。

时间是现在,我重新
爱上了北方的乌鸦
和一条长河里淤泥的孤傲。

腊　月

我喜欢这个农历的词：
腊月。
如同一个诗人喜欢
汨罗江深深的
痛苦和一间草堂的孤傲。

这大雪，
只一袋烟工夫，
来时的脚印就消失不见。
难道通往真理的路
都是绝路？

我站在大堤上，
远望河心洲一灯如豆。
这么晚了，
不会有人关注这些了。

这农历的原野多么静寂。
这腊月的黄河多么孤傲。
当我离开，大雪之上的云层
透着微弱的亮光。

黄昏(一)

遥远的西天上,晚霞
正做着最后的自我救赎。
它收回遍地的黄金,
将大团的沉默还给人间。

人性的温暖感,
以及必要的道德指涉,
此刻来得正是时候。
就像梦与非梦的界限,
比方说,你想起久远以前的事情,
那时大地上阡陌纵横,
狗在胡同里忘情地追逐着猎物,
所有人的微笑都线条般简洁,
却意味深长。

天黑下来,黄河像一条
反传统的绸带被晚风熨平。
乌鸦暂停痛苦,它
个体的隐秘史魅惑而又空无。
我期待的闪电
正来自那晦暗的深处。

我的诗歌（六十六）

与河水对视是一件
考验心性的事情。
就像这个腊月以来，
重读马原、余华、格非
和吕新他们，
重读那个朴素的八十年代。

历史是贪婪的，
类似于人类自身的
专横与武断。
真理是节制的，
类似于
一条大河短暂的平静。

一个时代就那样
河水般永远地流逝了。
时光筛选后
留下了绝望和羞耻。
些许的痕迹
与唏嘘。梦寐以求的
永远是人性的自由。

四 月

现在是黄河下游的
枯水期，也是我长时间
以来写作的困惑期。
长时间以来，我试图找到
更深层次的方向和意义，
来揭示一种理解，无关逻辑，
只关乎到达。如同那些
砂石裸露在河床上，
在草未长出之前，它们
总会在太阳下反射出稀奇古怪的
光线，仿佛我对生活的
另外的看法。事实上，
我缺乏的正是这些简单事物的
美学指向。这么多年了，
我一直将世界视觉化。
比方说，曾经，我沉溺于凝视
缺席的事物。我也曾长时间
将词语当成诱饵，试图汲取
未来的欲望，却忽视了
安静只来自日常的伤害
和过往的苦难。

现在,河面在毫无察觉中
缓慢地下降,如同我作为
人在阳光下现出原形的过程。
它预示着:诗歌需要锐化,
也需要失败,但不需要矫饰。

陈述（一）

我们绝望,并非
生无可恋,而在于拒绝
和解。
当巨大的北方
向天空坦陈伟大
而骄傲的寂静。

我说的有所为
单指流水。它将一个
秋的国度秘密抚平。

我说的有所不为
还是流水。它将灵魂
一分为二:
一半交给短暂、偶然的生活,
一半担负起永恒、必然的
真理。

丹　青

每天傍晚，夕阳都会
将黄河渲染成一幅经世的丹青。

每天傍晚，乌鸦都会
泄露它对尘世绵长而自然的爱憎。

每天傍晚，人类都会
把人性的虚伪与贪婪变本加厉。

有多少因，是刻意的，
就有多少果，是必须承受的。

我用春天的柳叶哨吹哀伤，
我用冬天的枯树枝画悲恸。

我的眼泪流到黄河里，
也变成那无名的浑浊的沙和水。

在每天傍晚，用父母传给我的胎毛笔，
重复渲染那幅陈旧的丹青。

失败之诗

河水像一头小兽,缓慢而
坚定地啃噬着漫长的大堤。
蜂蜜般的生活之须
轻抚着我的理想,从炽烈的
青春到中年固执的脂肪。

曾经有一段时间,我似曾
含混地放下过事物流行的表面,
沉湎于整条黄河的孤傲。
但如今,却只剩下
回忆的尴尬与努力。
我依然没有适应世事
普遍而剧烈的变化。
如深夜,河底的泥沙
无休止地聚集与碰撞,保持着
缄默。

字面依然沉郁,但意义
早已改变。我说的安静,
已越来越稀薄。
我眼里的风物,倏忽间

言犹不及。如一首失败的诗,
其失败的过程中必定深含
人性的某一段耻辱与抵抗。
如果虚度是一种罪恶,
就让我在黄河边将时光的牢狱
坐穿。

傍晚（三）

许多个傍晚，我站在
黄河大桥上看两岸大堤边
茂密的杨树林。
它们像无数赴死的士兵
组成一道绵延的大网
守护着一条大河的
孤傲与寂静。
外界的麻木、不堪与它们无关。
不像我们的诗歌，
已经禁不住世俗的浸染，
正在变得世故与迷人。
这深深地丧失由来已久，
如夕光从河面上迅速地撤离。
在每天晚上，它掌控不了的
苟合时刻都在发生，
并心安理得。许多个傍晚，
我试图挽回一些荣誉，
哪怕它经过了稀释。但生活
荒凉的表面上不再有
隐喻与阐释。大河东去，
万类霜天。我只有再写一首

忘我的诗，献给夜色中
正在消隐的杨树林，
也献给内心经久的耻辱。

傍晚(四)

在一条大河边沉湎于
世界的荒谬有时也是一件
快乐的事情。
那快乐来自对荒谬的
持续性反思。
比方说,我们自甘堕落与受辱,
仅仅为了更体面地活着。
再比方,我们口是心非、
虚与委蛇,写千篇一律的诗,
来宽慰深夜的噩梦。
而大部分时候,
我们并不愿醒来。

昨天傍晚,我沿着
烂熟于心的路线,看见
黄河里一下子少了那么多水,
有些地方竟露出了孤傲的河床。
那是否就是生活的真相
我不知道。
那隐匿的过程里是否
深含人性的愧疚我并不知道。

那一年

那一年,黄河边的密林里,
知了的声浪像一场大火
一层一层浮在水面上。
总是这些不相容的事物
在抽象地聚集中
幻化出某种真理。
但当这无聊的修辞累及
心灵,我是说,我不可能
对当下炽烈的浮躁无动于衷。
因为,安静与孤傲让我
成为一名诗人。
如同水与火,成就了某一年
缓慢的夏天。
而痛苦的泥和沙,
成就了灵魂意义上的黄河。
所有这些,当夜晚来临,
知了停止了喧嚣,
河面上,月光的悲伤和担当
让我舒缓。只有诗和诗意
是压倒性的,在一个
无限犬儒的时代,这不容置疑。

所 见

那一年,在黄河
南岸的一个墓穴里,
出土过两支
锈在一起的铁笛。

后来我在博物馆的
橱窗里看见它们,像
两个老友,也像一对恋人。

哦,也像孔孟
身上的两根肋骨。
像坚定而温柔的两部
失传的经书,
终见天日。

我想象中的延续
不带任何肉质,只关乎
风骨。

秋　风

秋风将至，入世的
痛苦，不是将一首诗
写得更好，
而是在诗外聆听
一只蟋蟀的家国情怀。

一轮皓月当空，
清冷的光辉依旧洒在人间。
这一次，大地的辽阔
深含着无限缩小的秘密。

秋风将尽啊！再次
来到黄河边。我来寻找
那些古典的感情。
这些年，缓慢而偏执地成长
是对的。

允许风月入心，
重新缔造词语的勇气，
向外在的山水要回内在的苍茫，
是对的。

认 知

必须承认的是,
我早已丧失了警觉感,
丧失了接纳一个
凌空而降的小世界的能力。
所以,今后我将以
益母草为师,重新学习
伏地的技巧。

就让我再低些,低到
益母草的根部。
低到黄河尽头的腥味里。
并允许我,迟钝地
了却灵魂与肉体的那些宿怨。

我发现,
所有美的东西都是迂折的。
比如固执的河道,
再比如,匍匐的真理百转千回。

傍晚（五）

有一个傍晚，在河心洲上，
哑巴看林人点起篝火。
木柴烧裂的声音与河水
汹涌的声音缠在一起，
构成安静的另一面。
这是令我神往的境界。
我给哑巴读我写的诗，
哑巴显得不安。
他领我来到木屋的后面，
借着火光，
他指着一棵杨树给我看。
树身上歪歪斜斜刻满了字。
我走近仔细地辨认：
"二妮""二妮"，全都是
"二妮"。
他笑着，在火光的映照下，
安静而又灿烂。那个
傍晚，只有我和我的诗
是荒唐的。

爱 情

大多数时候,爱情
就是一个人绝望地爱着
另一个人。因为
真正的爱情从来都让人
觉得奇怪,一种
我们无法体会的情形就是:
我爱。
我把爱遗失在一片广袤
树林中某棵树的树干上。
我曾用刀深深地刻下,
如今我却再也找不到任何
痕迹。
我只是,
相信。

习 惯

当我想写诗的时候,
我习惯于将书房的灯关一会儿。
靠在椅背上,沉浸
在黑暗里。有时候也习惯于
长长地吸一口气,
再缓缓地呼出来。

多少年了,我沉浸在
那些脆弱、美丽而又固执的
生活片段中。
如同沉浸于一场古怪的爱情。

从小时候,攥着母亲的衣襟
赶夜路,
到现在,渐渐步入中年的
越来越臃肿的
人性的
困惑与迷途。

陈述(二)

我看见过众多事物,
但真正领略与认知的
却少之又少。

我曾经背诵过孤绝的
晨露、正午的蝉鸣和水面的星光,
如今都深隐于忘怀的力量。

我相遇过各个条线的
真理,但都未曾深入。

此刻是傍晚,
我在树林里漫步。
落叶谦卑如先人的诗歌,
薄薄的夕光孤傲,
如断首之刃。

冬 至

今日冬至,房内
暖气愈加旺盛。
午间小寐,恍惚间
听见母亲喊我:
记得晚上回家吃饺子。

醒来,房内并无任何人。
窗外仍阴,天空
仿佛在酝酿一场暴雪。
我感觉体内似有一股气流
欲出,连绵。

念及昨日,在黄河边
看河水冰化的过程。
我追寻一世的夜空与星光
仿佛要倒扣下来。
多么庆幸,它们从未将我遗弃。

念及更久远的事物
和眼前父母的苍老,
这真理的两极如芒刺在背。

猛然间，我已到了
知圣知耻的年纪。

再看窗外，北风幽幽，
万物晦暗。这样也好，
可以再写一首朗朗的诗，
可以一起等待
词语里的暴雪和星光。

冬 日

午间，风骤。
膝盖里传来丝丝的隐忧。
想起昨夜苦读鲁迅，
多年的台灯终于熬断了钨丝。
那至暗一刻，
幸有窗棂间透进的星光。
何为劫数，何又为
定数？
只是这些年，满目的词语
愈加生涩。
我本渴望午间阳暖，
晒一晒这浮世，
但奈不过这突变的气象。
入冬一十七天，来黄河边
四次，河水依然浑浊。
连阴天，无以成诗。
一切皆已被我辜负。

大堤上

大堤上,每块土坷
都保留着持久并骇人的
优雅与悲戚。
于时光而言,人的
幸与不幸都是次要的。
人心的明暗起伏是次要的,
就连暗夜里洄游的
黄河刀鱼汹涌而晦暗的
情欲也是次要的。
于土坷而言,昨天的
粉身与今天的碎骨:
这世上还有多少
事物需要被超度,
需要江湖两忘?

我曾经天真地
想通过诗歌来设置
真理的比重。
我获得的仅仅是虚妄。

深 冬

又是深冬了,大堤
的斜坡上,野蜀葵、紫穗槐
的叶子都落光了。
只剩下那些灰白的茎条,
在风中突兀地颤动着。
像祖父晚年头上稀疏而枯腻
的白发,提供给我
古老而新鲜的写作经验。

又是深冬了,河水
在冰面下孤独地涌流。
村庄里,大雪
封门。有一个潜在的
自我在秘密地苦修,
在黄河边,凝视星光。

风接着吹

腊月二十三,下午,
小年。空气中火药的气味
渐浓。从童年起,鞭炮的急促声
仿佛就是我对战争的初识。
作为一个生活的失败者
和不妥协者,
我要逃。
逃到黄河边去。

我坐在废弃的水闸上,
天难得的蓝。
远处的岸边几艘木船被
封在冰里。
一动不动。
芦苇一半封在冰下,
露出的一半像不停点头的父亲。
到了晚年,他总是这样,
对这尘世上的一切
无限宽容。
这让我对事物的
确定性与不确定性举棋不定。

风卷着大堤上松散的雪粒。
不久以后,
我知道,有一些东西
将被掩埋。我也将回到
亲人中间,过年。
风接着吹,
送来诗歌的荒谬。

乌鸦（五）

我妄自揣测过
一群乌鸦的命运，
用另一种缓慢的
方式——
我的相机日复一日地
记录着鸦巢的变幻。
当整个树杈消隐不见，
真理达到最高的密度；
当我必须斜过身子
才能看见巨大的夕阳，
那底色之美，像
冥想中的另外的钝角，
被慢慢放大。

当我开始明白，
只有感性才能成就
深远的灵魂。
而我看见的乌鸦，
是否就是词语内部的幽暗？

水中沙

这些水中沙,
与大堤相爱相杀。
这些真理的继承者,
冷静地观察着世界的变幻。

当我一次次被黄河水灼伤,
我也一次次深信,
就是真理表面那些宿命、
温暖而细密的孤寂指引着我。

水面上

一个投河的人
被冲到河滩上,像
小时候看见的紧贴在老屋
土墙上的那只蝙蝠。

需要多大的勇气
才能获得伏在一个地方
一动不动的权利?

那些被荻花掩埋的
尸骨,杨树上浓郁而漆黑
的痂瘢,
那些高傲的淤泥与虫卵。

傍晚（六）

在傍晚，黄河上空的
尘埃像奇迹悬停在半空中，
乌鸦发出暧昧的鸣叫。
从大桥上望下去，
河心洲像一张人脸
露出诡异的笑容。
天地之间一片彤红，
夕阳仿佛可以随时摘下来。
牛在岸边饮着血一样的水，
像昨天下午那个考古工作者。
他在堤岸上工作了很久，
保持着老牛饮水的姿态。
对道德的考据是否
就该那样，躬身与沉默？
这奇异的景色啊，就是
它们让我的灵魂出窍，
沿着某种神秘而特定的顺序，
一遍遍地爱着这个尘世。

现在是傍晚

现在是傍晚,
河水蕴藏着巨大的寂静。
真理被莽撞的尘世
推搡着,委托夕光传达出
重复的忧郁。
脑海里,一部电影行将
结束,影像慢慢虚化、消隐,
类似于一个人追求真理的过程。
局促的风捎来局促的词语:
水面之上是乌鸦固执的救赎,
水中是沙含蓄的救赎,
其余是一个诗人不知所措的救赎。

傍晚（七）

傍晚，只剩下
几个老人的村子，
霜迹在慢慢地聚集。

远处，黄河在
自然的规律中前行。
它担心的是：万物
错不归其位，神
被鸠占鹊巢。

近处，诗人紧锁眉头。
诗歌担心的是：
多少世俗之愿被无端
拆解，变成光阴里
最为薄弱的环节。

夕阳沉下去，
秋霜浮上来，
中间是更大面积的晦暗。

明 月

还未到指定的年龄,
我就感到了深深的疲倦。

一条孤独的大河里,
反复落进明月
和琐碎、悲伤的鸟鸣。

清明(一)

线条般的酒水在
清风中散落,一扎黄纸
也化为灰烬。这些年
在生与死之间翻动火苗的
总是父亲。
黑色小花在石碑间飞舞,
宛若蜕变之后的梁山伯与祝英台。
这人世的长链,如真理般
不容侵犯。
我凝神,狭长的墓园,
顺着黄河的流向而蜿蜒,
也在聚集。我再一次感到
痛苦如黄袍加身。倔强的北斗,
一生也不挪动位置。
这是我人世间的第四十个清明,
柳条初绿,提示我
再写一篇蚯蚓般的诗歌,
回应高天上点点滴滴的微光。

鸦巢（七）

晨雾总是从河床的中心
泛起，像一位严谨的数学家，
依次弥漫浅滩、大堤和寂静的
杨树林，最后在鸦巢前止步，
留一个抽象的空间，
让乌鸦提高对新时代的认知。

我明晓自身的质地，
尚可短时间研习月光，
但做不到长时间宠辱两忘。
这些年的坚守，权当一首寂寞
诗歌对我的流放。

如今的人世多像一部巨大的、
精密的仪器，连真理
都严丝合缝，不留半点端倪。
那曾在《诗经》中闪烁的，
此刻未必高于淤泥。
当它凝视鸦巢的沉默，
如同遭遇我们中年的迷乱。

只有乌鸦，说着那些
多余的话，却暗地里为
我们信守着秘密。仿佛只有它，
一眼就能看穿人心和人世。
总有天意在其中，不可违逆。

此　刻

此刻，我蹲下。
我想拥抱自己的影子，
并告诉它：

我不缺乏喧嚣
和对喧嚣的执着。
我缺乏的，永远是坟茔般的
沉思与安静。

不缺乏随众，
缺乏的永远是清醒与独立。

不缺乏新生，
缺乏的永远是哀悼。

相　信

我曾经利用过善良的
乌鸦，用天空中失落的鸦羽
与黄河对话。
我也曾妒忌过落日
和落日中安静吸烟的牧羊人。
时光抛过来的永远是
万物的遗照。
但对万物，我体内的香炉
虽经暴雨却未曾熄灭。
如果暴雨由无数的雨滴构成，
我就相信那香火。
如同相信，就是泥沙成就了
黄河。就是四季中
一来一去的燕子成就了尘世。
而人类，欠下得太多。

河边纪事

有一次，去入海口观鹤。
它们长长的喙在苇丛中
发出淡淡的红，让我想起
菩萨眉间悲慈的痣。

有一次，在火车上听
一个老妇人说，她邻村的
那个不孝之子，好端端
在树下午休时竟被雷劈了。
但那时天空晴得很，也没下雨。

还有一次，接连下了
三天三夜的雨，黄河水不断
漫过堤坝。村子里
年轻人都跑了。剩下不愿走的
老年人冒雨挤在土地庙里，
跪拜、祈祷，全都不说话。
只见风雨如注，但并没有决堤。

鸦巢（九）

浪尽这虚名。这虽非
沧浪之水，但鸦巢的漫漶
依然有可期之处。
比如，它的疏密只与
真理有关。我曾经沉湎于
沉重的荣誉，忽视了
世俗的落日。我也曾深陷
复杂的私念，忸怩于
鸦巢投到地上的暗影。
黄河是另一个我们必须
正视的国度，灌木丛
根部零乱的黑暗也只能是
我们诗歌的黑暗，
但还不是全部。
以我狭窄的视野，我仍无力
看清全部。我只能死盯着
鸦巢，并庆幸这深深地
相遇。如酒精，流过
空荡荡的舌苔，流进肺腑。
作为人性的被告，
我将毫无保留地坦白

内心的羞耻,不担心浪尽
这诗人的虚名。

黄昏（二）

黄昏，我从乌鸦的爆破音上
开始爱世界，从河面旋涡的
反光中开始爱黄河。
我感到体内堆满了词语，
并一再地向灵魂施压。
类似于空气中稀薄的土腥味
和深夜不请自来的失眠。
满树的叶子在晚风中
相互重叠。当它们重新散开
的时候，就像是审判庭上
法官抛下来的判决书。
作为诗歌的被告，我并未
诚惶诚恐。因为我已
熟知那些内容：
爱，并不等同于讲和，
恨，也不等同于自由。

傍晚(八)

秋天的傍晚,风总是
同时从河中间吹向两岸。
北岸的桦树、南岸的赤杨,
像两个失散多年的穷兄弟,
天长地久地分离着。
我追求的真理和我践行的生活
遭遇着相同的路径,
其中有一种说不出的腐烂。
我曾经长时间地站在
赤杨的阴影里自我否定,
也曾短暂地向桦树的落叶
索取做人的耻辱。
我深知,
我不可能威胁到事物的本质。
或者本来就该如此,
秋风孤凉,黄河苦口婆心。
稀疏的月光里飘来
落笔后的腥苦和莫名的香甜。

有一天
——致杨键

有一天,
我一定会明白,
故乡的消失是阻挡不了的事情。
如同那暮色送来
汉字的清白。

有一天,
我会明白,
清风才是我的肺腑,
夕光才是我的视网膜,
黄河水才是我的灵魂。
但它们都会走远,不辗转。

有一天,
戳穿我思乡病的,
不是永不停息的秋雨,
不是心烦意乱的大雪,
不是最香甜也最腐烂的月光。

有一天,
能给我安慰的

只能是汉字的缄默
与屈辱。

秋天(一)

去年的秋天,
我曾站在黄河大堤上,
以肉体为圆点,
想象一个以大地为平面的半圆。
我以十五度、四十五度、
九十度的仰角
仰视星空。
夜空钴蓝,星汉
灿烂。那些
与我连成直线的星星,
以牺牲者的姿态
指向大地上的消泯。
但总有一颗不被交代,
保有我一生追求的秘密。

乌鸦（八）

一场可能的雪究竟能
带来什么？河道里
冰凌在渐渐加厚，如
人性的帷幔。掀开，
就会暴露那么多新鲜的
伤口。而长时间闭合，
又会损害生活的意义。
也许，乌鸦就是在这样的
矛盾中被逼疯的。
昨天傍晚，它竟然鸣叫出
那么悲恸的曲子，
并在今晚开始蔓延。
而我，尚未确定自己的
操守，所以也并未活成
自己想活的样子。
我终究是一个看客，
比不上大雪中那些芦荻：
冰凌上面的部分不曾低头祈求，
冰凌下面的部分死死地
抓着黑暗的淤泥。

抉　择

必须要做出抉择了，趁着
冰凌尚未融化，诗中的
春天，尚未光临灌木丛。

所有的阴影还是
稀疏的，如肋骨的间隙，
尚能挤进词语。

矛与盾，尚能共居一室。
诗与罪，尚能苟合。
而记忆，尚能区分记和忆。

必须要做出抉择了，只因
生是生，命是命。
身后的肖像，我们自己又能把握多少？

因为风中传播的，
只能是证据，而不是判决。

傍晚（九）

那天傍晚，我背对夕阳
看河水缓缓东流。
我的影子随着天色逐渐暗淡。
多少年了，我苦苦
寻找生活的镜像。直到
这一刻，晚霞像沉积多年的血
融入水面，
猝然的起伏，神秘的交互。
我豁然开朗：
我寻找的不过是自己的
人性
和书写的真相，
以及这个被我称为傍晚的
时刻。

我的诗歌(七十)

如今我仿佛明白了,
没有谁剥夺过我。
是我昨天的言不由衷
造成了今天的词不达意。

在午后的倦怠里,看水
开的过程。摄氏五十度与
摄氏一百度,期间的
差别是苟活与牺牲。

如今我仿佛明白了,
在尘世上,没有什么是
真正属于我的。除了
隐藏在肋骨里的人性。

暮晚（二）

我并非天性悲观。
我曾经对万物有一种
消失殆尽般的热情。
比方现在，
云层间夕阳像晚年的祖父般
无限衰竭。
而树枝上的麻雀，它们
天性太好，仍未被这个
乖戾的尘世改变。
它们仍能轻易地传递彼此的
思想。即使在下雨天，
它们的羽毛浸满雨水的时候，
也并未像我们意识里的
词语一般辗转不安。
我多么渴望那样的心性，
仿若真理来临般恰如其分。
仿若傍晚，流星的孤寂。

秋风辞
——致孙磊

有些事情过于侥幸。
比如诗歌。
比如去年深秋,我曾在书房
草船借箭。

浓雾推搡着窗户。
那暗中的刺客被迫再次
长时间隐姓埋名。
他的任务已经改变。
他必须首先刺破自己内部的脓疮,
那淤积的溃败。

我的诗歌是片面的。
我已经在片面的溃败中
活了四十年。为了
沉寂中乌鸦的叫声传得更远;
为了北中国的冬天,稠密的雪
覆盖深深的河床;为了体内的血
突然燃烧后灰烬那诱人的
冷漠。

为了此刻,我在经年的秋风中
刻舟求剑。

我的诗歌（七十三）

我来黄河边是为了
修行。那是我私人的仪式。
我其次是为了看清
水中倏忽的影像，
究竟是什么在水底深处
孤寂的闪亮？

对诗歌我是真诚的。
对这个时代，我只有一种
意犹未尽的疏离。
我无法对它做出有分寸的评价。
正如当下的诗人，
无法为自己做出更有效的辩护。
在他们写诗，或者
即将写诗的时候。

三月纪事
——致朵渔

每年农历三月最后的
那些夜晚,我都会被炭火
一样的梦魇缠绕。
那是冰冷的黄河刀鱼
洄游的日子。
那是一段空洞而遥远的历程
弥漫内心的日子,
庄严、安静。
这群水中的异端,
如那些指尖泣血的苦行僧,
终生都在寻找
那团令人窒息的火焰。

大多数时候,我总是
情不自禁地回味梦里的深邃。
其中的奥秘我仍有
诸多不解。
如果我是被人群逐出的
那个,我感到荣光。

乌鸦（十）

那只乌鸦来自密林深处，
像书中人抛向时间的
那枚硬币。
在傍晚，黄河是我另一个
沉重的感激。

半生已过。隔日的清粥
尚可重温。
而乌鸦，必是真理，
或者传达真理的纸砚。

一面是收纳。
一面是无限地延伸。
如今，这枚硬币的恐慌
我是清楚的。

那只乌鸦飞翔在月光中，
我走下大堤。
词语在水面上，我在路上。
今夜的梦里，我必相遇
孤独的流星。

父 亲

父亲,还记得你
第一次领我去看黄河的
情景吗?
那年我大概三岁,抑或
四岁。那一年,一场伟大的
革命行将结束。
两岸边的红旗在减少,
荒芜也在减少,
但人们战天斗地的痕迹仍在。
可惜那时我还太小,
并不了解斗争与斗争的结局
其间深长的意味。
我只是觉得自己形同河水,
我只关心自己的旅途。
比如一直走到现在,将近
四十年了,
有些梦还是梦,
另外一些,已经变成梦魇,
挥之不去。
父亲!这一切我都记着,
挥之不去。

三月(一)

三月,真理像赤杨粗糙的
外皮缓缓返青时的样子。
河边开始露出卵石。
这些倔强的灵魂,像
父亲一年年瘦削的脸——
我大部分的伤感。

河面上,老年斑般残存的
冰凌在打转,在漂远,
在消失。
我想象的自由正如它们——
我曾经,彻夜不眠,
思悟万千。

哦,就要说到赤杨,
那一列列昼观星宿的须陀,
遁地的苦行僧。
说到真理就是说到
暗逝的流水,急促地返乡。

时日漫漶,我只记取

一小段黯然神伤的韶华。
我将转赠燕子皓月般的三月,
这无限迁徙的秘密,
其中隐藏着流星般的快意。

我的诗歌(七十五)

河心洲上的看林人
去世有几年了吧。
他的哑巴儿子接替了他,
继续让河心洲保持着一点人气。
有一次,我坐船上去。
那是一个雨过的午后,
临近初秋,蝉声已经减弱,
如病去抽丝。
简陋的木屋中间摆着他的遗像。
脸黝黑,精瘦,高高的
颧骨,带着黄河下游人
特有的困惑与平静。
哑巴冲我笑,顺便再插上一炷香。
他们长得真像,
如枯燥的生活般大同小异。
大部分时候,诗歌
什么也解决不了。当夜晚
来临,哑巴点火做饭。
两代人的炊烟如此之像,
其中必有关联的隐秘。

河心洲

有一次,我从空中俯览
河心洲。看到的仿佛是一张
嵌在命运罗盘上的人脸。
老年的,分不清性别,
像我们共同的祖父,
或者祖母。
大风吹过,河心洲上
草木起伏。类似于他们
濒死时脸上舒展的皱纹。

河水前涌,细密的
水浪牵着手,冲击着
河心洲的黄土沿。
像最后迈进家门的孝子,
扑在逝去亲人的身上。
紧紧地抱着,想把亲人
从死亡中拽回来的样子。

这么多年了,无论
置身洲上,还是远远地
观望,总感到有颗子弹
呼啸而来,洞穿命运。

夜 行

有一次,独行夜路。
我把车开得很慢,
期间穿过一个又一个村庄。
除了发动机的声音,
我间或能听见不疾不徐的狗吠声,
像迎接与送行。
忘记了是什么时辰,
我在一个小水潭边停下来休息。
吸烟,缓一下内心的孤独。
我看见满天星斗,
一架大飞机开着警示灯
在其中穿行。
我不知道飞机上有多少人,
也不明晓那一刻
空中疾行的命运与大地上
正在休憩的命运,
到底有何不同?
我清楚的是,那一刻
原野平静,潭水略起微澜。
白天发生的事正在消隐,
而夜晚,正在一步步揭示
诗人内心不愿明察的耻辱。

夜幕降临

夜幕渐渐降临。
寂静就是此刻,晚霞
在西天上自我反省。
就是:词语在大地上的停顿。
就是:流水在缝合道德的伤口。
而一首完整的诗,不仅仅
为了揭示某个完整的主义。

夜幕降临,地平线
在渐渐接近。我站在
远处,仰望渐渐亮起来的星辰。
就像在更深的夜里,
我被一首诗死死地盯着,
接近神秘与孤独,
接近自相矛盾与体无完肤。

诗歌（二）

坐在大堤上看浑浊的
黄河水，看流年碎影，
等待暮色将人间弥漫。
看远处暗暗的灯火，
掩饰人间的狼狈，
从不堪到有堪。

我一直想写下：
关于人类的爱与憎，
关于黄河里的泥与沙，
关于树丛间的隐与秘，
关于真理的疑惑与优雅。

我一直想知道：
乌鸦晦涩的眼睛是不是人类？
秋风渐凉的过程是不是黄河？
夜空中堆积的屏幕是不是树丛？
一个具体的祖国是不是真理？

黄河兀自东流，
大地自我哀怜的泪水。

悟　道

集市上，一个僧人
持钵化缘。终生的善意
在他手上托着。
不轻不重，不早不晚。

河面上浮云烟雾，
波澜壮阔。唯有
求道之人在刻意隐形。
大地席卷秋天，
唯有命运在无限地摊薄。

何以归复？除了诗歌。

乌鸦（十四）

昨天傍晚，在大堤边的
凉亭里，我第一次近距离
与一只乌鸦对视。
我惊奇于它对人类
世界的冷漠。它盯着我，
像盯一个怪物。
我看到它眼中
隐约的疏离与恐惧。

后来，它飞走以后，
空中落下几片鸦羽。
雾气开始弥漫。
透过凉亭一角，我看见
昏暗的天空中
有一条黄河形状的
巨大暗影，
仿佛在酝酿一场
突如其来的暴雨。

大　雨

有一次，我被大雨
困在河心洲上，只能
在看林人的木屋里等待。
我和他都是沉默寡言的人，
长时间不说话。只听见
哗哗的雨声和远处
黄河里波浪翻滚的声音。
整个天空像极了一幅
水墨画。有那么一刻，
天地间突然静下来。
我看见一道巨大的闪电，
从最高处直劈下来。
一霎时天空骤亮，
像晚年八大擅长的留白，
对应着污浊的人世。
我知道，这无限高压的
电流过后，远处的
河面上将浮起大片的
死鱼。它们总将白色的
肚皮向上，给这尘世留白。

记 忆
——致庞培

在我的记忆中,
最深刻的应该是那个黄昏。
我从远方归来,
经过自家的麦地。
在烟霭弥漫的
空荡荡的晚霞中,
我看见戴着斗笠的母亲,
缓缓直身时的侧影。
一瞬间,我饥肠辘辘,
看见了母亲。

很多个深夜,万籁俱寂。
当我的脑子里一片混沌,
再也写不下去的时候,
我就会想起那个场景。
我的词语如此清晰而生硬,
与这污浊的人世
强烈的反差。仿佛
痛苦和爱,总是走到
无以复加的地步,
才会变成一首平静的诗。

傍晚（十）

傍晚，一个孩子
从徐行的车窗里探出了
他孤独寂寞的头。
一只乌鸦从树杈间
扑啦啦地穿过，带着
对人类的恐惧
和对天空的憬悟。
河面上弥漫着一个又一个
旋涡，仿佛诗歌里
特有的迷惘与犹疑。
西天上，那无限稀少、
渐次稀薄的光芒，
像我的直觉。
我总是依托这些不相干的
事物组成的夜空
言志，不计厚重与轻薄。

深 秋

深秋,我从河水中汲取的
力量,在词语中转化为
小众的霜与露。多么欣喜,
我竟又一次在同一阵秋风中
感冒。胸腔内的乌鸦蠢蠢欲动。
它的灵魂欲朝辞白帝,
它的肉体要夜宿汴梁。
而我,如果不能被再次激励,
就延长在河边作茧自缚的悲凉。

内心即深渊。
美好的内心就是更加缄默的
深渊。这个命定的深秋,
之前所有的对错与晦暗,
终于让我顿悟:
真理的无形才是最重要的。
我汲取的,可能是
树上坚硬的浆果,也可能是
水底冰冷的火焰。

殇 秋

我来到黄河边殇秋,
刻意寻找可能高出人间的
事物。我的诗歌
与长流水的境界相差甚远。

我找到的杨树、柽柳
和苦楝,彼此间互存敬畏,
源远流长。

我找到空气,
和空气中人类的悲哀。

那些在秋天幸存下来的,
不是化作乌鸦,
就是化作缄默的睡佛,
只在大地上留下一丝似曾
存在的痕迹。

如果可能的话,
我将在黄河边画地为牢。
没有什么是深秋的

钴蓝色解决不了的。

如果有,那就是诗歌。

故乡一夜

白昼的喧嚣退去。拆了
大半的村子里仍有人住着,
窗户里透着昏黄的灯光。

趴在村边的狗冷不丁
睁开了眼,但没叫。
我再一次领略了丧家犬的含义。

满地细碎的树影,在风中
变幻无穷的图案。当我
开车驶过,仿佛一叶扁舟
漂浮在月下的大海。
孤独。孤独得有些倔强。

高天上,星辰缓慢地
移动。这一次,苍穹接收的
是大面积的生活,
而非单个的亡灵。

一轮皓月当空,清冷的
光辉依旧洒在人间。

一轮皓月放牧群星，
共同组成隐秘的卦阵，
对应着大地上的青灯黄卷。

下 午

昨天下午,我一个人
来到黄河边。百无聊赖,
站在大堤上吸烟。
最溽热的季节,天晚得
那么慢。像我倾心的那些
朝代里的人们,
活得那么慢。
我一个人享受这条大河
无限膨胀的沉默,
看乌鸦挥动沉重的翅膀,
穿过黏稠的空气。
我感觉到整个世界的
烦躁不安。
我想让自己静下来,
但并非出于刻意。
因为我知道:美化,
是诗歌的大敌。

愿 望

我想忘记那些该遗忘的,
记住该铭记的。
我想做一道光,一条
跃出水面又无声落下的鱼。
我想把父母的爱情写成
很美的歌,让蟋蟀
和蝈蝈传唱。我想学习
真正的拘谨,在接近
真理的时候,无可怀疑。
我想让祖国再轻盈些,
像风中飘过来的老茶的气息,
耐人寻味。
我想在万类依稀中重组命运,
像那棵枯死的老树,最后
变成月亮、星星,
借着真理的微光,走
阳关道,过赵州桥。
我想我们的孩子们狂野,
自由,不惧。但必须继承诗歌
的力量,懂得质疑,
也懂得戛然而止。

多年前的回信（一）

××兄，
安好！
来信悉阅，感慨万千。

关于生活，
我想说的是：

让我的诗歌痛苦万分的
永远是人性和人心。
我追求生活的
应是，而非
所是。我的胆怯与惶恐
仅仅源自我的
自信，而非
自负。

我希望有一天，
在清白的月光下，
黄河水静静地流着，
我在大堤上慢慢地走着，
我们互无挂碍，

互不耽溺，
肝胆相照，
瑕瑜互现。
像月光一样平衡，
像晚风一样自由。

顺颂
秋祺！

日记(一)

在黄河边,相遇突如
其来的飞雪,有如巨大的孤寂
相遇微小的人格。
其中作为人的愧疚
只有乌鸦明晓。

那些芦与荻,一半身躯
浸泡在冰水中。
如同越来越老的父亲,
坚守着逐渐下陷的故乡。

一个无限仿真的世界,
反仿真的勇气如同河面上
入水即化的雪粒,
瞬间就消失不见。我的
生活依然不堪。

总是这样干冷的下午,
乌鸦尴尬的叫声抚慰我对
真理的迷恋。些许的
痕迹与唏嘘,在被截肢的
路上走过急促的人世。

乌鸦(十六)

在黄昏,乌鸦的哀鸣
总有它不可言喻的寓意。
我只是惊异于它的耐心与
小心翼翼。
在每一个自由无羁、
缓缓失去的黄昏,回望
无限空虚的晚霞的时候。

信 仰

我记得阡陌纵横的年代,
我也记得父亲、母亲年轻时的样子。
那时候的月食,
天狗如黑色飞毯,
捎来人心单纯的秘密。

几代人的坚持,才能
造就一群流星?
那一闪即逝的微光,
延续着一个国家的流水和葱茏,
也如清风提前掠过
我们身上最柔软的部分。

日记（二）

冬日，天晴。
再去黄河边。
单调稀薄的肉体
并没有发生质的改变。
但量在增加或减少，
其间夹杂着晦暗的徒劳。
也没有太多值得回味的事情，
除了一首未完成的诗。
自然与人伦，都在潜移默化。
我走得太急，身上
渐有丝丝热气，脊背小痒。
河面上有薄冰。
更远处，仿佛还有一只
鸟的尸体。或许是那只固执的
乌鸦，已把今生度完。
我确信死生同源、得失同根，
所以悲伤也是寂静的。
三十年前，祖母没有熬过
一个简单的长夜。
次年春，檐下的老燕子
再没回来。

为什么这些事情总在冬日
纷至沓来?
沿着大堤,低低地回旋?
诗歌的任务不过是收集这些
命运的碎片,
再交给流水或者飞雪。
我已预备了足够的耐心,
在这个天晴的冬日
来应对一个断句里信仰的忧伤。

纪事（一）

记得那天下午，在
河心洲看林人哑巴的
小木屋里喝茶，
斜顶的小天窗透着灰灰的
亮光。茶台忽明忽暗，
像一个人短短的一生
一下子摆在自己面前。
一瞬间亮了，
又暗了。

有一次，在黄河边疾走，
我突然泪流满面。
大地平静，河水缓流，
我的疯魔无可名状。

词语间的幽冥，
我有多长时间未曾体会了？
那些乌鸦的叫声，
跌落在树丛中。诗歌的
溃败，来得多么迅疾。

倾 听

我倾听。风从树林
穿过,风从河面掠过。
仿佛想要的一切都可以
从清风中得到。仿佛可以
通过清风向厌弃的东西说不。

我倾听。天空中酝酿
已久的暴雪也是风的化身。
大地上疾走的男人也是女人。
这世上堆积着太多的愧疚,
纵容着美的流逝。

我倾听。这段最下游的
黄河,承载了那么多神秘的
悲伤与哀悯。我确信
在夏日的明亮和秋天的
晦暗中交替着我苦苦追求的
道和孤寂。

我倾听。生活多么有限。
大堤上,去年的枯枝仍散落在

草丛中。乌鸦重复着
崇高的劳动,穿过对称的晚霞
和人类的隐喻。

我倾听。今生在河面上,
未生在河底的黑暗中。
我必须确信,诗歌从来不是一种
解脱。只有寂静可以
战胜无知。

我的诗歌(七十六)

深夜,陷在枕头的
寂静中。触摸白日梦。
窗台上的花通过枯萎搭建
时间之桥,建立
与雪的联系。

昨天中午黄河出奇地
安宁。有更多的沙从上游
而来,像被抛弃的旅客。
因为真理被渐渐稀释,
我才有燃烧的欲望,
我才追求寂静。

因为,写诗是我赎罪的方式。
好像必须感谢执着,
那被清晨之光笼罩的迷失之美。
我练习生死,相信始乱
终弃。

我的诗歌（七十七）

大部分时候，我对
生活的感知是肤浅的，
远不及一只在树杈间穿行的
乌鸦深刻。

时代的病态一脉相承。
诗歌浅尝辄止，
诗人自我耽溺，
真理乏善可陈。
我只有从乌鸦的飞行轨迹中
寻一丝安慰。

一个冷峻的俯瞰者
总会看到世界不同的层次。
其中可沟通的部分
构成我写作的初衷。

我的诗歌（七十八）

空荡荡的大堤上，
阳光稀疏。
树林里忽然掉下一只
老乌鸦的尸体。

昨天深夜，它刚刚见证了
夜空中的青龙偃月，
并参与密谋了黄河今年的
第一次春汛。

大部分时候，我对
生活的感知是肤浅的。
而此时的深刻仅仅指向
我豁然明了的孤寂。

我的诗歌（七十九）

万物苍茫，只有麻雀的
啾啾声疏朗开阔。
只有乌鸦沉沉的粗劣的
哇哇声冲破积雪
和文本意义上的荒野。

此时，黄河宛若
冥想中的一条声带，
深含着几代人被无限
压低的哀鸣。

而写诗，无非是再次增加
内心的虚无感和罪恶感。
当我像一片雪，从夜空中
重返大地，当我落到
浑浊的河水里，感受它的
咆哮与缄默。

我已经第两千次踏进
这同一条河流，
我同时准备了第两千零一次。

傍晚(十一)

傍晚的黄河大堤
空寂而简洁,
像一条绸带伸进暮秋的
雾霭中。

空气中有神秘的物质
在坠落。
这信仰的万有引力,
哪一些是我们必须承受的?

流星,还是流星的隐喻?
那被我们泯灭的,
是否就是诗歌的羞耻?

有一次在梦中,
梦见河水倒流,
宛如西西弗斯推动的巨石。

这些年,我一直寻找
被遮蔽的事物,
为此我情愿踏进迷途。

深 夜

在四月的深夜,每一条
洄游的刀鱼都有它自主的
孤独和受难。独立,不被侵犯,
从不背叛浑浊的河水。

当它们跃出水面时,
鳞片就会在月光里闪烁,
幻化出无数的银针。
像是父亲生病时,老中医
下在他身上的银针。

而我情愿把它们看成
暗夜里的词语,在缄默中
印证人类的耻辱。

我更情愿看成是一种
演绎,因为我从来没有
像现在这般清醒:
一首失败的诗歌,
可能最接近自由与真相。

清明（二）

临行之前，我再一次
回望痛苦的黄河。
依然浑黄的河水，席卷着
当下人类过度膨胀与旺盛的自信。

当你注定无法摆脱
那些母语的词的纠缠。
如水中沙，那些已逝年代里
孤独的脸
和心！

当我在意的是整个
世界的焦虑。当我深陷对
真理巨大的恐惧。
当我用完形而上的晚餐。

乌鸦，
坚硬的嘴，
一点一点地啄取着
我体内的痛苦。

不　惑

第四十年：像一个须陀
沉溺于布道。我
沉溺于一条大河的
犬儒与世故。与芦荻对峙，
思往而不得。

第四十一年：历史就是一个
酒鬼，睡得天昏地暗。
给远方的人写信，却说：
历史是一个婴儿，
看得你百感交集。

第四十二年：雁群聚浓
秋风，稀释了本质的流水。
向晚，写诗。
诗歌的笛声弱过乌鸦的
聒噪。我开始迷恋
即将消逝的影子。

辜 负

我总是在夕阳西下的
晦暗时段中看清
人世抽象的繁荣。
之后,益母草将在月光下
醒来,畅饮甘霖的静寂。
而黄河,翻卷一年
又一年陈旧的乡愁,
类似晚年的父亲,一遍
又一遍抚摸我幼年的
照片。尘世上,
没有什么能阻碍血缘
在万物间的传递。
也没有一只乌鸦会辜负
深夜云层背后
隐隐的雷声。

乌鸦(二十一)

作为世俗的忤逆者,
我曾经深深地反思。可能
的结论是:
这些年来,我的躯体
和内心并不在一条线上,
它们产生了背离。
那是我经久的耻辱和沉沦。

作为另外的忤逆者之一,
乌鸦总在黄昏计算
春风与秋雨之间的距离。
这个时代与真理的距离略长于
星光与霓虹的距离。

我和乌鸦隔河相望,
并在每一个晦暗的傍晚
唇亡齿寒。

静 寂

河面静寂。松林
静寂。更远处的山岭静寂。
当乌鸦静寂,不愿为
一个虚假的时代发声。
当月光静寂,甘愿为
一座刚刚拆迁的村庄守灵。
当一首诗静寂如
人群中那缓慢、愧疚的容颜。

我燃上一炷香,为时光
中的传承,拉上
寂静的窗纱。聚拢
孤傲和痛苦。

多年前的回信(二)

××兄,
安好!
来信悉阅。

前几日,大病一场,
至今胸闷。

在这夏日的末梢,
我佯装平静。因为我
并没有远离庸常。
相反,我觉得离真理
愈行愈远。

我写诗,只是
试图从过往的流逝中
拽回点什么。
这是我继续生活的
秘密理由。

可秋天还是要来了,
像词语都阻挡不了的

衰老。真理在
这个下午就是一条
镶着金边的夹缝。
充满暧昧、诱惑
和无能为力。

一想到这些，黄河
南岸就会落下大片的
树叶，而北岸的隐喻
在自我克制。
我一直在追求真理，
所以大部分时间都显得
庸庸碌碌。

别不多言，顺颂
夏祺。

秋天（二）

转过街角，看见
两个孩童在树下玩陀螺。
不远处，应该是他们的祖母，
在比画着诉说生活的苦闷，
如同两只乌鸦交换秋天的秘密。
阳光细碎如历史上
那些靠谱的间隙。
或许，就是这样的场景将一本
史书断断续续地填满。

树叶在落，如空中撒下
无数锈蚀的金片。
我既钟情于此刻的孤僻，
也不拒绝受众。
这连日的艳阳天助长了
我的反思与笃定：
一个诗人就应该终生
背负人世的罪愆，
这是命里的事，与生活无关。

乌鸦(二十六)

流水在乌鸦的凝视中
持续地腐烂。曾经车水
马龙的渡桥,也像一个溺水者
被最后的疲累击垮,
卧浮于水面。而月亮
像愤世者的心,
孤傲,孤傲得令人锥痛。

为什么,我总是在傍晚
看到黄河不堪的一面?
当我并不想刻意地表达许久
以来人们孤凉的生活,
我就不会在一首诗中设置
真理的障碍。
为了那些愈发平静的容颜,
为了冰凉的水面。

在傍晚

在傍晚,河心洲的密林里
弥散着草木的枯香。
雾气在它们的根部密谋
深远的起义,以整条
黄河做背景。在漫长的夏天
过去之后,大堤下
古老的村庄人迹寥寥。
几天以前的药渣依然在路边。
小狗不吠,即使我这样的
生人从它面前走过。
我又一次走了这么久,
又一次,目睹黄河边的月亮
升上来。那清白的月光
让我确信:这些年来
我的无耻和堕落
与它照彻的这个浮世
存在着某种必然的联系。
天和地在缓慢地融合,
中间有黄河长流水。
我顿了顿,
我笃信诗书继世长。

叙述（一）

那秋天的哀悼来自冬天，
我亲眼所见，一场
大雪覆盖了苍凉的落日。
那春天的温润里也隐藏着
一场久违的大旱。
也许不会等到夏天，
我就会失去真理的外衣。

我羡慕益母草根部的沉默，
也景仰高天上垂下来的闪电。

傍晚（十二）

在傍晚，乌鸦叫得
野心勃勃。真理羞于
夕阳与大地越来越短
的距离，依然深居闺中。
黄河水粗枝大叶般流着。
尽头的沧海，两岸的桑田。
我相逢的是一个
如此泥沙俱下的时代。
我再一次感到乌鸦
的单纯去日无多。
此刻，西天上最后一抹
黄金正失去颜色。
在雨从乌云里落下之前，
时间的针管一点一点地
向外推送着痛苦。

在黄河大堤上

在这片无限熟悉的
疆界里,大地与大堤如何
相减,才能得出
我命运的负数?
我追求的是沉浸在下面的
那部分生活,如同
初春的山涧中,野刀鱼
在黄昏的每一次低洄。
或者是深陷淤泥中的枯枝桠,
它们如同真理横亘在
人世的浮面,
散开,又聚拢,并不随心意,
类似某种形而上的乡愁。
生活,生生地活着。
名利与爱欲的加减乘除,
最终如河水溢出河道,
满地纠结的一盘散沙。
从少年到中年的夕阳,
如今,所有的终于
纷至沓来,如乱麻,
不能自拔。

我的诗歌（八十一）

从童年起，我就因为
某种神秘的规律暗暗心惊：
那些故乡的燕子只归旧巢。
我多少次看见它们
在春天飞回来，
在一处新修的宅邸前
低低地哀鸣。

黄河水哗啦啦地流淌着。
从早晨流到晌午，
从黄昏流向人心。
这黏糊糊的时光和诗歌！

黄 昏

仿佛有一种超越
事物形态的静力拽着我,
逼迫我从背向时代的
逃离中返回。
这总让我忆起临近黄昏时
投在黄河大堤上的影子,
并无限清晰地明晓:
我的影子越长,夕阳
就离大地越近。
而长到虚无时,夕阳
就会消失。

我具备一个诗人
与生俱来的羞愧与惶恐。
我同时具备迷失的力量。

十二月

十二月,黄河滩上
益母草无可挽回地走向衰败。
它们开始一层层向内
翻卷,贴近地面。
它们开始像我即将写下的
诗句,融合细查
与判断,向晦暗的地心
索取荒谬。我深知
词语的意义在于抗诉与争辩,
如脚下大片的益母草,
当它们尽可能地呈现
与河水一样的颜色,
那么,对真理的过度的
主观性迷恋就会让我平静。

大多数时候,
我倾向于静穆与追忆。
因为诗歌只能解决三个问题:
爱憎、罪罚和信仰。

暮晚(三)

暮晚,风突然大起来。
河心洲上的杨树林
发出沉沉的哀鸣。
枝条缠着枝条,树叶
卷着树叶。
仿佛当年子路搀着
孔丘,走在鲁国
连绵的土路上。
那风中翻扬的衣裾,
如果不是在提示现代人
习以为常的遗忘惯性,
就是在悲悼
树根底部日益加深的幽暗。

雪（二）

几天雾霾后，终于
迎来一场雪。我
在黄河边的凉亭里伫立，
尽量模仿成雕像的
形状。我知道，每个
凡人的心里都有
深深的庙宇意识。
就像这些上帝的头皮屑，
肆意在人间乱舞，
挥洒巨大的乡愁。
但水面像镇静的老人，
送来晚年般的气岚。
天地间只有这些了，
更多重要的事物我已经错过。
我本想活成山水的样子，
但这与当下的趋势相悖。
我只准备了几声鸦鸣，
让它在这苍茫的时刻
送去固执的诗意。

纪事(二)

我犹记得那个黄昏,
在九月醇厚的空气中,
漫步在黄河边的密林里。
益母草特有的气味刺激着
我的鼻腔。
我冷不丁打了几个喷嚏,
惊飞了几只不知名的鸟儿。

低头,向下。
在那些杨树、榆树的根部,
极少见到阳光的部分,
残存着我已被确认的茫然
和犹相信的希望。
就是这相悖的跷跷板
构成我的悲哀。

写诗多年,经历过
许多次内在的崩溃,
我深知灵魂碎在地上的感觉。
一轮明月初升,
那大理石般的愧疚与清凉。

夜 色

夜色中，芦荻在慢慢长高。
它们深陷水下的部分，
有真理之美。

而鸦巢，似另一个小尘世般
漫漶。雾霾增加了
秋天的梦幻度，也连累了
人类的理解力。

如今，我终于无耻到
可以趁着夜色谈谈担当和自由。

午　后

午后,看风穿过葡萄架上
凌乱的枯枝,
那如鹿鸣般的响声尤为高贵。
仿佛自去年秋天以来,
我一直寻找的。

这点寂静多么难得。可以
在无声中索取遥远。
在那杯渐凉的茶水中,
看千秋万代的涟漪,多少
已经苍老的忠与义,
在心无旁骛地告别。

就像多年以前听罗大佑
眯着眼唱《亚细亚的孤儿》,
但至今还是最喜欢他的
《鹿港小镇》。
"子子孙孙永保佑,
世世代代传香火。"

可这个世界能让人抒情的

成分已经不多,
红尘也不是想要的红尘。
还有两样最干净的东西:
父母的目光和内心的痛苦。

二月二

二月二,龙抬头。
母亲又在乡下翻炒青豆与面棋。
从来都是这样,风俗
只与年迈的母亲有关。
我能听见树枝在灶膛里
燃烧的声音,与
母亲的生命何其相似。

朋友圈中,微信如雪片般
加厚。有人双手合十
度苦厄,有人写晦涩的诗。
这一天阳光如此细碎,
路边的塔松满树金针,
如消逝于我们记忆中的那些
星星。

这一天的最后,是夕阳
将一切削减至静默。当我
并没有看见抬头的龙,
深深的晚霞中,我看见的是
母亲的脸。最好的场景

是吃母亲炒的青豆。
最好的真理是朴素,
和水落石出。

清明记事

我和父亲祭祀归来，
坐在院子里吸烟、闲聊。
说到我和弟弟小时候的事，
父亲笑。茶凉换水的空隙
母亲喊我去端饺子。
蒸汽腾腾的灶房里，白炽灯
摇晃着昏黄的光晕，
竟有另外一种纯诗的意味。
记不清多少年了，这样的
场景：水泥灶台温润光滑，
像《史记》中的某一篇
经历了生活纯正地打磨。
偶尔从漏勺里跌落的饺子，
像一朵洁白的祥云飘到大地上。
或许，并没有其他更好的
比喻。这尘世万千喧嚣，
抵不过父亲不知何时开始的
捣蒜声。我记得，那蒜臼
祖父、祖母在世时就一直在用。
"笃，笃……笃"，那声音
一直在我心里，不曾停息过。

月　光

晚饭后，我陪母亲
在村里走。经过祖庙后面
黑黝黝的塔松林，
它们像古代的武士一样，
列队、肃穆，身上落满了
尘土。村子已经拆了大半，
再过几日，可能这片松林也不见了。
碰到更年长者，有男有女，
在祖庙前驻足、凝视。
沉沉的暮气中看不清他们的脸，
但能感觉到悲哀的气息。
那些纯正的悲哀从来如此，
短暂，不陌生。
一阵风，地上的塑料袋
和碎纸片逆时针方向旋转，
一直到我和母亲的脚边。
我们轻声地打招呼，告别。
远远地，听见父亲在和谁说话，
声音粗重而激动。
他的急脾气，到老都没有改过。
其实，当大部分的外在

被迫改变,我们尚能确定拥有的
一些东西,改变它干什么呢?
比方月光,以及我们对
月光恒久的认知。

叙述(二)

沉沉的暮气中
降下阅世之雨。
四十又三年,我变成了
这样一个人。

有太多的身外之物
我依然没有放下。我依然
溺于红尘,辜负了
万物背后那些明亮的
孤独。

关于大海的诗

那一次,巨大的客轮
漂浮在夜间的大海上,
月光从海底翻上来。

我已把胆汁吐尽,
就仿佛我已把内心这些年来的恶
吐尽。

蜷缩在大船的一角,
月光皎洁而野蛮。
我知道,新的恶还会次第产生。

那一刻,我多想
写一首关于大海的诗。
关于真理的错觉,关于无常与痛苦。

流 星

看见流星,看见
流星坠落。
有时候,我也把生命中
下坠的部分当作诗。
我把其中虚弱和落魄的部分
当作真理。

这世间的规则与秩序
让人生畏。
这世间的自由与道德
令我痴迷。

想起去年惊蛰那天,
在黄河边久坐。
回往过去的四十年,
如果虚空的色彩就是钴蓝,
真理必将呈现河水
漫无边际的赤黄与沉默。

年轻时孜孜不倦,痴迷热烈。
如今明月松间照,清泉石上流。

暮晚（四）

乌鸦扑啦啦地归巢，
对应着夜幕下
水面上那些旋涡的频率。

我无数次看见，
鸦巢与河水之间缓慢的真理，
又无数次消失不见。

人世总是这般复杂而有力，
人心总是这般无度而孤独。

晚风来了，河水
像个楔入者，在究竟。
诗歌像个弃世者，在不究竟。

天空中云团变幻。
大地上意义深远。

钴 蓝

刚过四月,黄河大堤
向阳的一侧就长出了
去年那种类似于马齿苋的
植物。它们贴地,魔术师般
在星光下开出钴蓝色的小花。

有一段时间,我
痴迷于从这些神秘事物之上
寻求人性。
我发现更多的是
我和我的同类们
虚伪与堕落的禀性。

它们同时让我明白:
写诗,其实就是最大程度地
消解尘世强加过来的
耻辱。而活着,仅仅为了
保持消解时的平静与耐心。

星　光

星光下，只有
益母草洞悉时间的隐秘。

我爱的依然是那些
母语的词。它们像蛛丝，
将我分散的灵魂聚拢。

并告诉我，自由
是血液流淌的理由，
也是益母草苦心留下的种子。

并告诉我，让
我的写作稳定而清净的，
也正是这些或许相关的事物。

这个世界由欲望、污染
和互相判断构成。
有时候，还包括星光下
些许的寂静。

傍晚（十三）

有多长时间，
没有产生过对深远事物的向往了？

有多长时间，
没有主动去触探道和理的针尖了？

几乎就丧失了
求与疼的感觉。灵魂
几乎就被妄念充满。
而躯体，说出来就是蒙蔽。

在傍晚，从高高的观光塔上
看黄河，仿佛上天
甩下来的鞭子。
那晚霞中四散的金光，
那是鞭子抽进真理的身子，
那是之后累积已久的安静。

天　鹅
——致育邦

突然想去入海口看天鹅。在
去春天的路上。我看见芦苇
正倾斜着身子，
而阳光，像真理闪烁。

那缓缓波动的海面上
有我业已失去的悲哀和勇气。
我渴望天鹅出现。
我想要的人性
正在衰老，但我必须服从。

什么样的词会随波纹漾出？
细密、猛烈，
如沉重的心跳般传过来，
像整个海面一样闪着光？

当我写诗，当我营造一个
小世界，以星光的格局和志向。
天鹅让旧迹凋零，也让
一颗心倍显孤独。

我的诗歌(八十七)

我突然明白,黄河口
寂寥的秋天并不是
为人类准备的。
整个北方,宏大的孤寂,
也不是。

十二月七日在东营,
与杨键、庞培、张维等
谈论文脉与传承。
我想说,人类面临的
将是系统性、整体性的灾难,
只能由道德来解决。

总是每年农历三月的傍晚,
成群的黄河刀鱼从大海中
逆流而上,游如飞梭,
像那些追求真理的人
迷失在真理深处。

我想要的生活是:安静于
时光流逝时的惊慌。
我能想到的

最好的时光是：强弩之末。
作为一个道德主义者，
我不需要以反道德的形式
让人铭记。

我钟情旧山水，
也寄寓江湖扁舟上
孤单的故人。
悲哀的性质是不同的，
大风穿越更远的山峰，
我想要的，永远是瞬间。

惊 蛰

今日惊蛰,这古老
的节气,载着秘密的骨殖,
如约而来。
我总在这一天中恰如其分的
时刻重新明确自己的立场。

我知道,我的灵魂
与生活仍存在那么多的阴暗面。
它们像傍晚的蝙蝠一样,
紧贴着我的呼吸。

我的困难在于:我熟知
自己的厌倦,却在生活中
不能自拔。
这个节气的困难在于:
它已向人类呈现它的内质,
却始终被曲解。

那让我依然留在滞胀中的,
不是怀疑,
是无休止的欲求与妄念。

三月(二)

三月之末,黄河边的
水苇开始有选择地返绿。
总是那些妄念少的
先一步抽芽。它们鹤立鸡群,
洁净轻盈,倾向自由。
另外一些类似于人类,
沉溺于过剩的欲念,
不能自拔。

尘世中,每一个词语
都是我的障碍。
仿佛困顿已久,造句
不堪一击。尤其
是面对星光的时候。

献给沃尔科特（一）

得知您离世的消息时，
我正在阳光下小憩。
北中国此时无限地接近春天。
生活，为什么总是
出其不意地呈现相反的镜像？
这么多年，我体内始终
安放着一座缩小的
加勒比。"在那里，
我的影子连同他所有的罪孽，
逐渐进入以往的绿色丛林以后"，
再说纪念已是徒劳。
我写诗，不是因为某个时点上
空怀的爱与憎，
更多的是，想以一种
更特殊的方式，将自己的
肉体遗忘。
不是丢弃，是深深地
遗忘。

献给沃尔科特（二）

现在，我第一次意识到
接受同一片星空熠耀的灵魂
也能区分高贵与
更高贵，自由与更自由。
相对于更纷杂的世界而言，
诗歌从一开始就是
无奈，不得已的。
而生活，不过是人类在重复
自我的凄凉。
如果一只白鹭不能让
词语说出真理，
我情愿万物都缄默。
当你的目光最终熄灭，
我是否可以这样说，
世界就此黑暗了一下，
就一下。之后诗歌将归来，
无声无息地
归来。

在邹平拜谒梁漱溟墓

我们穿过喧嚣的市中心
和漫无目标的人群,
在施工的铁路桥左边
等了很久,才被戴红袖章的人
引领到进山的小路上。
路边停满了五颜六色的车辆,
这让一个本应素描的清明
感到无限的惶恐。
我们刚刚在另一个严肃的
场合朗诵,诗中的晦暗
和愧疚还未散尽。
当临时决定拜谒他的墓地时,
我们也有过忧虑:
一个孤僻者被打扰就如同
一段真理被移除。这么多年了,
大众融通他高翔的心吗?
那些车辆溅起的尘土,
仍愿回到大地吗?
初春的风,略显急促地掠过
正在吃草的那只老山羊,
它的胡子的弧度

应该是人世的弧度吗?
纪念他的石碑掩映在松涛中,
当我们站定,鞠躬,
松林深处传来丝丝的鸣响,
如他晚年所问:
"这个世界会好吗?"

傍晚（十四）

傍晚的黄河边，每只
落魄的乌鸦都是
一个陈寅恪。而一个
俗的如铁的尘世，
又能从哪一缕
已经消失的炊烟里
读出鲁迅？

在大堤上行走，我不惧怕
土地中会伸出一只手
来指认我。我愧疚的是：
那凄风中遗落的鸦羽
比灵魂重多少？
那老榆树上的枯枝将
以怎样的方式划破夜空？

作为一个现世之人，
我短暂的生涯包含三个阶段：
理想的小丑，悲哀的诗行，
沉默的帮凶。

在黄河边
——致张艳梅

我来到这里,
这条北中国最大的河流。
我来到这里,
站在浑浊的水边。
水面平匀,像一面
巨大的铜镜。
那斑驳的光晕里,
是否还会带来
母亲一样的文明?

我期待世界像体内
那些干净的骨头,
并足够的轻盈。
而我的诗歌,必须
具备如刚睡醒的孩子般
痴迷的眼神。

安　静

小时候，
河边的密林里
总是堆满禁忌之物，
散发着古朴、怪诞的美。
但现在没有了，
成年后的我再也没有
看见过它们。
这直接导致了我
想象力的枯燥与乏味。

这是诗歌的其中一次崩溃。

微凉的钴蓝，或者内部的雪
——马累诗歌简论

孙磊

钴蓝和雪，两种可能近乎极端的颜色，同时出现在马累的诗歌中。他写了那么多名为《钴蓝》的诗，也写了很多关于雪的诗，那是属于他的内部的雪。但我更愿意从钴蓝色出发，谈一谈马累的诗歌。

一

法国艺术家伊夫·克莱因创造了一种能让人深度眩晕的颜色——克莱因蓝，也被称为"法国蓝"，实际上是代表法国精神的蓝色被克莱因用极为强悍的艺术方式校正了。我仍能看到那个飞翔的孩子，那个虚空的孩子，那个一贯自由的孩子，用身体，一贯用身体，将"蓝"涂在画布上，将一种生命的态度和力量置放在行动中。我想，"克莱因蓝"是深湛的法国式理想，而诗人马累给予我们一种极为私密独特的钴蓝色，一种带有充满土地苦难记忆和疼痛的颜色，一种现实与理想相互撕咬的个人的内在理解，它是一种沉甸甸的颜色。

> 没有什么是深秋的
> 钴蓝色解决不了的。

"钴蓝色"可以解决马累一切的困惑和疑虑,只要看它一眼,你就会被它沐浴,所有的苦恼和焦虑一下子就消解了、松弛了,就能获得安静了。"夜空钴蓝,星汉灿烂。"因此,钴蓝在马累那里,是一种特许的状况,特许自己恢复真身,恢复自我真实的存在,特许一个没有喧嚣的、自然的世界,一个完整统一的善良人性的世界。对马累而言,钴蓝就是一个真理,一个充满寄托的真理。

真理是凛冽的、寒冷的,它冷冰冰地注视着一切。马累感受到其中最为刺骨的部分,也就是现实与记忆之间全然背离的那部分。"这相反的两极正好印证了/生活的矛盾。喧嚣总是永恒,/而安静不可乞求。"安静仅在那片钴蓝里,那个可以挣脱现实束缚的真实精神的状况,正是马累的诗歌状态。对马累而言,钴蓝就是诗歌,而诗歌就是真理。但真理太寒凉了,它不得不求助记忆。记忆是温暖的,充满抚慰力量的。实际上,真理是一个舶来词,在中国土地式的文化中,与之相对的是"真"的表述。这个真,不是纯粹客观的、对象化的、冷漠的,而是一种带有主观性的、活的、有温度的理解,比如,俗语经常说的"真好","真"是一种充满人性温度的价值判断,真就是好。在马累对"真理"的不断强化中,实际上是一个本土文化经验上的"真"的理念支撑,因此,我们看到一个充满温度的"真"的诗人马累。

> 我说的有所不为
> 还是流水。它将灵魂

> 一分为二：
> 一半交给短暂、偶然的生活，
> 一半担负起永恒、必然的
> 真理。

　　这里的"真理"是融入了本土文化"真"的理念之后的真理。它将原有真理的寒冷性质或者客观性质弱化了，弱化成一种寒凉的感受，一种带有身体温度的凉意。所以在马累那里，微凉的钴蓝，正是充满人性温度之真理的理想的诗歌世界。

> 这些年，我依然
> 不自觉地
> 把对真理的无知
> 等同于真理，

　　这种真理并不决绝，我们能不自觉地从中领略那种微凉的感受。它以沐浴的方式迅速布满全身，让人不得不放慢呼吸。钴蓝色也缓缓落下帷幔，让我们能够更细致地看到那个满身疼痛的自己。"在风中，钴蓝色的火焰／丝丝地鸣响，仿佛我就在／它们中间……"

二

　　对马累而言，也许钴蓝的微凉是一种永远无法摆脱的疼痛。所以，只有不断地深入它，沉浸在它的内部，才能真正获得某种自我的慰藉。他不得不求助于记忆，而记忆让马累成为一个寻根者。但他并不是一个宏观的寻根者，不是向自我的血脉要求一个终极的结果，而是要求一个具体的所在，一个乡村孩子具体的存在，一个人具体的生活。所以，他的诗歌总是以"我记得""想起"这样的句式开头，并且所有的故事是具有体验式色彩的故事，所有的情节都充满触及感。他的"根"并不注重结果，而是沉浸在这样的体验与触及中，让"根"的力量缓缓渗透到我们的身体里、血液里、精神里。

> 想起儿时，在夏天的
> 田野里，那么湿热。
> 母亲累得睡着了，
> 仰卧在田头。
> 我和弟弟，不再嬉闹，
> 静静地坐在她身边。
> 一直到现在，
> 我都记得母亲喘息时
> 微颤的躯体。

　　这是一幅极为动人的画面。"母亲"就是马累的"根"，所有的事实都在具体情境里。那个夏天，在田头累倒的母亲，让"我和弟弟"停下所有的"嬉闹"，静静地坐在她身旁。直到经历了万千世界的今天，马累仍坐在"母亲"身旁，停留在自己的根脉里，单纯地静静地不发出任何声响。

　　记忆不是没有声响的，记忆的声响类似于轰鸣，而且是向内的轰鸣，有着一个巨大的回音场。对马累而言，这个场从没有改变，这个场具有内在的绝对性，这个场就是"故乡"。所有的记忆都指向它，但它不是形而上的，不是虚无缥缈的，不是一个壳，而是被具体记忆塞满的包裹。

马累的包裹是沉重的，越沉重他越是充满寻找的渴望。似乎那个包裹是需要不断丢失和找回的，或者他通过这种不断丢失和找回的方式来强化"故乡"的重量，强化他作为"寻根者"的身份，即使他有着很多弱点和缺失。"作为一个胆怯、懦弱的人，/他试图以更绝望的方式/找到一个故乡。"

寻根者的命运到底是怎样的呢？实际上，寻根者对马累而言，是一种隐身衣一样的形式，或者说是一种隐含着的命运。在面对纸醉金迷的现实时，他是隐身的，他必须在现实的战场中厮杀，必须活得像孤儿一样决绝，才能打拼出自己的一片天地。"故乡主宰不了我们/这群健忘的孤儿，软弱/的孤儿。""我铁着心在走/因为我不知道/对故乡的屈服——/多少一眼是最后一眼？/多少孤行是一意孤行？"似乎只有站在孤绝者的立场上，才能立足于现实世界，也就是说，每一次与现实的搏斗，都是一次对故乡的弃绝，这的确是非常残酷。马累正是依赖于这样的残酷，以分裂的方式刻意保留着那份钴蓝色的故土之约：总会有某种方式让我回到故乡。

三

在马累的写作里，并没有太多的主题。他是简化了自己所有的复杂性，用一种极为单纯的声音为我们不断地叙述，重复性地叙述，仿佛只有如此，他才能得到足够的理解。实际上，这种反复单一的主题方式，并不是他需要强化某一种力量，而是他自身不断的内在需求，或者说他是被迫的，是他对某种故土记忆特征的必然依恋。毫无疑问，"钴蓝色"就是这种依恋的底色，它是一种极度凝练的特征，一种主题化了的特征。同时，像"我的诗歌""乌鸦""故乡""寂静""傍晚""黄河"等等主题，都是如此。我们分明看到了一个特别执拗的孩子，一再重复着他的渴望，尽管这种渴望已经被时间消磨成土地上无穷无尽的烟尘了。

  人世的烟尘味，像河面上
  诡异的旋涡，一圈又一圈，
  闪现又消失。

  如果说本雅明在《机械复制时代的艺术》中强调了某种复写式的外在方式如何内化成一种"灵晕"形式，那么马累却恰好相反，用一种明显的主题复写方式，来申明一种内在"灵晕"的生成。实际上，在马累那里，"灵晕"不是瞬间的、疾速的，而是缓慢的，不断叠加起来的，是需要反复咀嚼的过往生活。也正是因为"过往"，一切言说都自然带有淋漓的忧郁，那是马累的"重复的忧郁"。总之，机械复制艺术的创作者的创作往往是碎片式的、冷漠的、主体性不完满的，而马累的诗却是朝向内在完整性的，有温度，沉痛的、主体强悍的。

  因此，马累的重复主题始终是情绪化的，或者情感化的。他并不想说明什么，不想说出事实，不依赖于那些经历的事实，他想说的仅仅是说出本身，哪怕这些说出一直都指向某种深深的"虚妄"，以至于他反复感到终极化的折磨。"这入世的痛苦，如／出世般无助，也无限。"这里明显是无助的，这是一种慨叹。在马累的诗里，这种慨叹也是无限重复的，以至于很多歌唱式的腔调也被慨叹同化并湮没了。

  马累的歌唱就是慨叹，不断重复的慨叹。就像陈子昂面对千古世界发出的"念天地之悠悠，独怆然而涕下"的慨叹一样，马累的声音就混在其中。他试图加入这种几千年来传承下来的精神慨叹。只不过，他是以具体个人化的微观方式朝向宏大的宇宙，用一种细腻的温暖朝向广漠的彻骨的寒凉。

> 我想象中的延续
> 不带任何肉质，只关乎
> 风骨。

马累的风骨中是没有肉质的，只有那一片微茫的钴蓝色，一片经由经验的重复不断转化而来的寂静……

> 正在吃草的那只老山羊，
> 它的胡子的弧度
> 应该是人世的弧度吗？

总是那声慨叹，一种歌唱之后的疲倦和悲哀，朝向空无的追问，也朝向无限的失望。那些失望叠加起来就是虚空，总是那种宏观的虚空笼罩着他。所以他不断地写到寂静，反复地验证。反复成为一种姿势，寂静立刻将它化解到现实的具体细节中，形成一种难以想象的笃定的怀疑。

四

马累多次写到乌鸦，似乎这是一个征兆，却真实得令人诧异。实际上那个拥有"夜一般躯体"的飞禽就是他自己的化身，这是一个关于自我的反思与追问。对当下而言，它更多地隐含在反驳与抵抗中，对记忆而言，它偏向逝去的命运。

> 那天傍晚，我站在阴影中
> 向前一步是孤零零的鸦巢

> 向后一步是故乡
> 中间是空洞的生活

"前""后"都是能够置放自我的处所,只有"中间"或者现在是空洞的,而所有的生活只能是"现在"。乌鸦是一个自我的镜像,需要把它置于怎样的存在里,置于一个并不是他者的他者之处,就可以更细致地观察与解剖自己,思考它和自己同时面临的一切真相与深渊。"晨曦中总是乌鸦在坚持/我们熟视无睹的真理。"对马累而言,乌鸦的真实大过自己的真实,乌鸦黑色的影子,总像钉子一样钉在自己现实生活的耻辱里。我想乌鸦这个意象,既与他年少时的田野生活感受和经验有关,也与现在对喧嚣人生的内在拒斥有关。所以,自己是可以分身的,分给乌鸦的就能瞬间回到故乡的田野中、村镇里,甚至母亲身旁。

> 是乌鸦,让我警醒,并提示
> 说谎的罪恶感并不
> 仅仅在于真理,它同时指向
> 词语的真相。

乌鸦同时也成为马累写作的词语隐喻。也就是说,马累的词语就是乌鸦,就是那些穿插在真理中飞来飞去的乌鸦。而从分身的角度讲,就是无数个自己,他的诗歌就是无数自己的碎片构建的一个天堂。所以,他的一生在"水面之上是乌鸦固执的救赎"。

从另一个层面上讲,乌鸦如果就是马累的自我隐喻的话,他的诗也就是一种自言自语的形式,只不过他的自言自语更多的是一种慨叹,一种命运的慨叹。而马累的乌鸦作为自我的镜像,始终与自己对峙,他对乌鸦的言说正是对自己的言说，甚至是质问。在自我质问中，乌鸦显得极其坚硬。在自己的命运里，乌鸦有着钴蓝色的质地，有着石头一样的硬度，那是他永远也绕不过去的硬度，真理的硬度。

> 在傍晚，黄河是我另一个
> 沉重的感激。
> 半生已过。隔日的清粥
> 尚可重温。
> 而乌鸦，必是真理，
> 或者传达真理的纸砚。

五

谈到命运，这几乎是马累写作的核，它是马累诗歌的发动机。马累的诗有一种天然的命运的力量，任何事物都在屈服与不屈中展现出来。具体的生命在其中就只能是一种单薄的事物，只有将这种单薄叠加在一起不断地重复，那命运的图画才缓缓揭开。

> 有一次，去入海口观鹤。
> 它们长长的喙在苇丛中
> 发出淡淡的红，让我想起
> 菩萨眉间悲慈的痣。
>
> 有一次，在火车上听
> 一个老妇人说，她邻村的
> 那个不孝之子，好端端

在树下午休时竟被雷劈了。
但那时天空晴得很，也没下雨。

还有一次，接连下了
三天三夜的雨，黄河水不断
漫过堤坝。村子里
年轻人都跑了。剩下不愿走的
老年人冒雨挤在土地庙里，
跪拜、祈祷，全都不说话。
只见风雨如注，但并没有决堤。

马累讲述的一切都是那样真实，又似乎不同寻常。他压低了自己的嗓音，抑制住自己过度的情绪，仅让那些奇异的事情朴素地发生，默默地在自己身上显影。他并不把一切都交还给命运，他设置好与命运的间隔，相互对望，以期待一种绝对的寂静，一种超越命运的寂静，能够使他的灵魂得以安放。

所以，马累的命运常常是与寂静或安静密不可分的。正是这种寂静引申出命运的底色——微凉的钴蓝。实际上对马累而言，寂静就是真理，无论在乌鸦的眼中，还是母亲的怀里，他都充满感情地强化着这一份寂静。恰恰是这样的方式让马累的诗歌像影像中的默片，无论多大多碎的事情，在默片中都异常明亮，那就是寂静的明亮。

我们绝望，并非
生无可恋，而在于拒绝
和解。

> 当巨大的北方
> 向天空坦陈伟大
> 而骄傲的寂静。

一个北方汉子,用他的寂静向喧嚣的世界宣告,"拒绝和解",拒绝庸常地活着。他抹去所有的声音,默化所有的记忆和生活。他拒绝向斑斓喋血的生活低头,哪怕这会带来更大的悲伤,"所以悲伤也是寂静的"。所以,"有时,真理就那么简单/乌鸦的快乐是寂静/我的快乐是爱上寂静"。

马累的默片也不是用通常的节奏播放,他放慢了这种节奏,以慢动作的方式让所有细微的事物突然醒来。也就是说,马累为了让他诗歌中的所有事物都有呼吸,调慢了记忆的节拍,让我们能够更加清晰地看到那些命运的细节。

> 最好的场景
> 是吃母亲炒的青豆。
> 最好的真理是朴素,
> 和水落石出。

那些命运的细节在慢节奏的默片中水落石出。当我们不自觉地仰望夜空,那默片式的缓慢就一下子降临。"真正的安静,/像夜晚钴蓝的天幕般安静。"

六

微凉的钴蓝让马累的诗歌站在他自己的弱边上。这是一条孤傲的弱边,越到中年越凌厉,越凌厉,它却显得越弱。因此,马累说:"那天我坐在世界的对立面,/缄默,保持博弈,/如一首衰弱的诗歌。"也就是说,马累在诗歌中保持弱的气息,以便随时从弱肉强食的世界中抽出身来,获得片刻休憩,特别是来到了迷乱的中年以后。

> 如今的人世多像一部巨大的、
> 精密的仪器,连真理
> 都严丝合缝,不留半点端倪。
> 那曾在《诗经》中闪烁的,
> 此刻未必高于淤泥。
> 当它凝视鸦巢的沉默,
> 如同遭遇我们中年的迷乱。

马累警惕着"中年的迷乱",在诗歌中依旧保持着他的纯度与力度。我们发现在2009年以前他几乎没有与人交往交流的诗篇,2012年以后,才有明确的爱情进入诗歌,之前,几乎都是与记忆、故土有关,很多都不是现实的及物性作品,2014年以后,他才显现其及物的一面。像《曲阜一日》《我的诗歌七十四》等。也许,"中年的迷乱"指向了更多的诗歌向度,而马累似乎并不愿意这样,他更愿意待在习惯的钴蓝色里,在那种微凉的孤傲里,像一个孤绝的沉默的斗士。

但这一切,在2015年以后松弛了下来,诗歌开始以信、日记、记事的方式出现,似乎他的生活逐渐有了生气。对他而言,也许是一种衰老的信号,但也是一种绝不妥协的衰老,一种理想主义的拥有"天鹅"的衰老!

> 我渴望天鹅出现。
> 我想要的人性
> 正在衰老，但我必须服从。

　　诗人马累始终保持着微凉的钴蓝底色。在以上他的时间表中，这种底色从没有折旧，即使它随着"衰老"有所变化，但仍不是妥协的，一如克莱因蓝。

2019 年 9 月 20 日

马累

原名张东,20世纪70年代生于山东淄博,中国七十年代后代表诗人。曾获"诗神"杯全国新诗大奖赛一等奖(1999年)、《人民文学》"青春中国"诗歌奖(2004年),"红高粱"诗歌奖等。参加第27届"青春诗会"。

代表作品

诗集
《纸上的安静》
《黄河记(节选)》

内部的雪——马累诗集

出 品 人	续小强	选题策划	续小强	责任编辑	左树涛
复　　审	贾江涛	终　　审	贾晋仁	书籍设计	张永文
印装监制	郭　勇	项目运营	有度文化·刘文飞工作室		

投稿邮箱 │ liuwenfei0223@163.com

微　　博 │ http://weibo.com/liuwenfei0223　　微信公众号 │ txsk2013_